KB052979

숲을 걸으며 나를 돌아봅니다

숲을 걸으면, 잠시 하던 일을 멈추면,
기계처럼 돌아가던 내 몸에 집중할 수가 있습니다.
걷다 보면 마음이 고요해지는 걸 느낄 수 있습니다

걷는 의미에 집착할 필요는 없습니다.
본래의 나로 돌아가기 위해 마음을 다하는 것뿐입니다.

세상의 변화를 먼저 깨닫기보다
나 자신이 어떻게 변해가고 있는지 알아채는 것이야말로
나를 지키는 큰 힘입니다.

숲을 걸으며
나를 톺아 봅니다

손진익 지음

북산

오래전부터 행복한 삶을 위해 진정한 내 마음을 들여다보고자 했다. 내 마음속 깊은 곳의 또 다른 나를 만나기 위한 '나에게만 집중하는 시간'을 가지기를 바랐다.

마음을 수련하는 법은 알지 못했지만 나에게 집중하고 몰입하는 시간을 명상으로 알았고, 그것이 해결책이 아닐까 싶었다.

그러나 나는 사방이 꽉 막힌 홀이나 법당 같은 곳에서 여러 사람이 함께 모여 오랜 시간 집중한다는 것은 한마디로 정말 고통이었다. 긴장하지 않으려 애쓰면 애쓸수록 고요한 마음에서 멀어지는 것만 같았다. 명상에 대한 나의 이미지가 바르지 못하니, 나의 마음은 더욱 혼란스러웠고, 점점 더 큰 실망으로 이어졌다. 1960년대만 해도 명상 강의는 생소한 이국적인 단어들로 긴장을 풀어라, 마음을 그냥 내려놓아라, 라고만 했다. 그러한 말들이 나를 명상으로부터 멀어지게 만들었다는 생각이 든다.

본격적으로 명상을 익히게 된 곳은 사찰도 아니고 요가 학원도 아니다. 바로 심상치 않은 기운을 품고 있는 강원도 정선의 가리왕산 줄기에 둥지를 틀고부터다. 자연에서 아픈 몸과 마음을 동시에 치유할 수 있는 그런 곳을 원했고, 그곳은 바로 걷기 명상을 하기에 더없이 좋은 조건을 가지고 있는 산이었다. 좋아하는 산을 자주 찾다 보니 산행이 내 명상의 시초가 된 셈이다.

명상은 자연인으로 살아가기 위한 하나의 처세이고, 큰 목적은 자연과 교감하고 소통하면서 여생을 보내고 싶은 로망을 이루기 위해서다. 걷기 명상은 그냥 내 일상일 뿐 거창하고 전문적인 행위라고 말하기는 곤란하다.

필자는 정선의 자연 속에 사는 삶이 얼마나 아름답고 행복한 일인지 매일 산행을 하면서 깨닫고 있고, 그 행복한 경이를 나 혼자만이 아닌 많은 사람과 공유하고 싶어서 명상이라는 부제를 달았을 뿐이다. 자연과 교감한다는 것은 일체의 잡념이 사라진 무념의 시간에 빠져드는 일이다.

한마디로 아무 욕심 없는 텅 빈 마음 상태로 돌아가는데, 불교에서는 이를 '적정심(寂靜心) 또는 공적심(空寂心)'이라고 한다.

불교적 명상은 예나 지금이나 필자가 그랬던 것처럼 수행자의 모습으로 대중에게 다가가기 때문에 자칫 혼란스러운 메시지를 전달할 수도 있다. 사람들은 살면서 겪는 혼란과 고통, 스트레스와 외로움, 울

분을 헤쳐나가는 방법과, 삶에 대한 지혜를 알고 싶어 하는데, 불교적 명상은 엄격하고 진지해서 접근하는 데 어려움이 따른다.

필자가 알고 있는 많은 직장인은 자신의 욕망을 자제하는 법이나 중독에서 벗어나는 법, 삶을 관조하는 법을 알고 싶어 했다. 그리고 무엇보다 가장 알고 싶어 하는 것은 미래에 대한 불안감을 극복하고 마음의 평화를 얻는 방법이었다.

이처럼 명상을 해 보고 싶지만 어떻게 접근해야 할지 몰라서 망설이는 경우가 흔하다. 나 역시 그러한 필요에 의해서 명상을 시작하였고, 많은 사람이 쉽게 접근할 수 있는 명상법에 대해 고민해 왔다. 구도자나 수행자들처럼 영적인 깨달음에 도달하지는 못해도, 하루 일을 끝내고 집에 돌아왔을 때 마음의 평온을 찾는 법이나 밤에 숙면을 취하는 법, 인간관계를 개선하는 법, 덜 걱정하고 덜 슬퍼하며, 덜 분노하는 법을 배울 수 있는 명상을 자연을 통해서 배우자는 것이 이번 책에서 내가 가장 전하고 싶은 이야기이다.

필자는 독자로 태어났고 부모님 그늘에서 자라 그런지 나이가 들어서도 쉽게 상처받는 성격이었다. 정신적으로 무척 힘들고 숨 막히는 시절도 겪었다. 어제와 다른 오늘을 살기 위해서는 스스로 생활의 변화를 추구해야 하는데 매사 안전지대인 '지금 이대로'에서 벗어나려 하지 않았다. 스스로 변하지 않고서는 더 이상 진정한 나로 돌아갈 수 없었고, 실수와 과오는 성찰을 위한 하나의 과정이라 겁낼 필요는 없었다.

치유와 명상을 위한 로미지안 가든을 조성하게 된 것도, 스스로 배우는 과정에서 저지를 수 있는 시행착오의 실수를 거의 다 저질러 보고 감당해 봤다는 데 있다. 따라서 치유와 성찰을 위한 로미지안 가든을 방문하는 여러분들에게는 나와 같은 실수를 저지르지 않게 도와줄 수 있다고 믿고 있다. 산행과 암벽등반을 통해 나에게 집중하는 시간의 수수께끼를 풀고, 적정심, 공적심을 자연 속에서 걷기 명상을 통해 깨닫게 해주고 싶다.

'Let Nature Nurture You!' 자연은 우리에게 아상(我相)을 버리고 인욕(忍辱)으로 자신을 다스리는 도리를 일깨워준다. 생각과 몸은 본래 하나다. 몸이나 마음에 병이 들면 인간은 망가지게 된다. 인간의 몸과 마음을 건강하게 잡아주고 모든 능력을 키우는 원천 기술은 자연에서 배워야 한다. '나에게만 집중하는 시간'은 우리가 무욕의 건강한 자연으로 돌아가기 위해 꼭 필요한 일이다.

2021년 1월
지안 손진익

| Contents | Prologue _____ 6 |

1부. 잠시 하던 일을 멈추고 숲에 섭니다

자연에서 지혜를 배웁니다

자연에 몰입할수록 마음이 넓어집니다

2부. 나를 가만히 톺아봅니다

마음을 챙겨야 자신이 보입니다

나를 바라봅니다

3부. 숲이 들려준 생각들

나를 발견하는 인생의 화두

내 마음에 타인의 자리를 만듭니다

4부. 숲을 걸으며 깨닫습니다

잠시 하던 일을 멈추고
숲에 섭니다

"잠시 일을 멈추면 기계처럼 돌아가던
내 몸에 집중할 수가 있습니다."

자연에서 지혜를 배웁니다

고독과
친해집니다

필자는 고독이라는 말을 참 좋아합니다.

어쩌면 아주 오래전부터 고독이라는 행위에 익숙해진 탓도 있을 것입니다.

고독은 사실 외로움이라는 감정의 또 다른 표현이기도 하지만 나는 고독을 감정보다 행위를 통해서 먼저 배웠습니다. 십 대 때부터 시작한 유학 생활이 내게 준 선물이기도 합니다. 힘들거나 머릿속이 복잡해질 때마다 나는 산이나 강 또는 바다로 떠나서 오랜 시간 혼자 보냈습니다. 산꼭대기 정상에 이르러 해가 질 때까지 바위에 앉아 있노라면 사실 고독이나 외로움이란 감정보다 무념(無念)의 편안함이 더 컸습니다.

만일 혼자 있다는 외로움에 밀렸거나 누군가를 그리워했다면 진정한 고독에 빠지지 못했을 것입니다. 고독은 자신만의 낭만적 감정일수 있지만 외로움은 그리움이라는 대상이 있을 수 있다는 생각이 듭니다. 내가 고독과 친해질 수 있었던 것도 혼자 보낸 시간이 많고 길어졌기에 가능했던 것인지도 모릅니다.

고독이 주는 고요함과 평화로움은
사고를 더 깊고 더 넓게 만듭니다.
고독에 익숙해지고 친해진다면
자신과 세상에 대한 이해와 배려가 커져
한층 성숙해질 수 있습니다.
그래서 고독은 혼자 있는 즐거움이고
외로움은 혼자 있는 고통이라고 표현하기도 합니다.

사람은 아무것도 안 하고 가만히 있는 것을 몹시 힘들어합니다. 스마트폰이나 티브이에 붙들려 있지 않으면 누군가를 만나 수다를 떱니다. 오롯이 혼자만의 시간을 즐기는 것을 힘들어 하는 것입니다. 한마디로 생각 없이 어딘가를 응시하거나 자신만의 감상에 빠져 있는 시간을 즐기지 못합니다.

하루에 한 시간만이라도 자신에게 집중할 수 있는 혼자만의 시간을 가져야 합니다. 집이라는 공간과 직장이라는 환경에 속해 있는 나는 모두 사회적 관계가 만든 나라고 할 수 있습니다. 누구 엄마와 아내 자식 또는 무슨 직장 누구로 대변되는 것입니다.

우리는 온전한 나로 불리는 것이 아니라
관계가 만든 호칭으로 살아갑니다.
가끔 외로움이 밀려오는 것은
현재의 삶이 불행해서가 아니라
자신만의 시간을 제대로 갖지 못하기 때문입니다.
익숙한 환경에서 벗어나 있는 자신을 발견하는 순간
달콤한 고독의 맛을 느낄 수 있습니다.

조직이나 그룹에 속해 있지 않으면 불안해하는 사람이 있습니다. 타인에게 의존하다 보니 그들이 자신에 대해 어떻게 평가할지 몰라 불안해하기도 합니다.

그런 사람의 경우는 대개 자신에 대해 긍정적이지 못합니다. 혼자 되는 게 두렵고 외로워서 견딜 수 없는 것입니다.

그래서 외로움을 이겨내야 비로소 고독의 힘이 생긴다고 합니다. 여럿이 할 수 있는 일 말고 혼자 할 수 있는 독서, 운동, 여행 같은 창의적인 취미활동을 통해서 긍정적인 심리를 갖는 것입니다.

하던 일을 잠시 멈춥니다

삶의 끝에는 죽음이 있습니다.

죽음은 모든 생명에게 공평한 신의 선물입니다. 그러나 죽음에 이르거나 도달하는 방식은 모두 다릅니다. 그것은 자신에게만 주어진 삶이라는 신성한 숙제가 있기 때문입니다. 각자가 추구하는 삶의 방법들이 달라서 죽음에 이르는 속도는 같을 수가 없습니다.

필자는 누구보다 삶의 속도를 추구했던 사람입니다.

느리거나 멈추는 것을 견디지 못했습니다. 잠시라도 쉬거나 멈추면 세상에 뒤떨어지거나 도태된다고 생각했습니다. 경영자의 입장은 언제나 직원들의 생활을 책임져야 한다는 책임감 때문에 한시도 맘 편한 날이 없었습니다.

다행히 나는 내 삶의 속도에 걸맞은 성공이라는 열매도 맛보았습니다. 그러나 어느 날부턴가 내 몸과 마음을 채우는 것은 세상의 속도와 사회적 성공이 아니었습니다.

'내가 아닌 나'로 살고 있다는 의문이 끊임없이 힘들게 했습니다.

속도를 줄이고 멈추어야 했던 것입니다. 오늘 하지 않으면 큰일 날 것 같은 일도 내일 이루지 않으면 죽을 것만 같던 욕망도 하던 일을 잠시 멈추고 나니, 한낱 기우에 불과했습니다.

일은 생각이 만들어낸 형상에 불과했습니다.

잠시 하던 일을 멈추면
기계처럼 돌아가던 내 몸에 집중할 수가 있습니다.

두려움을
떨쳐냅니다

언젠가 한 일간지 기자가 물었습니다.
"가장 큰 두려움을 느꼈던 적이 언제였습니까?"

당시는 세계 경제 위기가 닥쳤을 때라 경영자인 나로서는 당연히 기업이 위기상황에 처하는 일이라고 했습니다. 경영자의 두려움은 사회적 책임에서 옵니다. 경영자의 능력 여부에 한 기업의 흥망이 달려 있으니, 그 의무와 책임이 늘 불안과 두려움이라는 감정으로 쌓일 수밖에 없는 것입니다.

다행히 큰 두려움이 현실로 나타나지는 않았습니다. 그렇다고 매번 극복하고 성취하는 것은 아니라서, 두려움이란 감정은 항상 내면에 깔려 있다가 위기가 닥쳤을 때마다 나를 지배하곤 했습니다.

두려움을 떨쳐내려는 방법은 자신을 다스리는 것입니다. 이 또한 자신이 만든 감정일 뿐이고 일을 해결하는 데 아무 도움이 되지 않는다는 걸 자신에게 이해시켜야 합니다. 내가 지금 할 수 있는 것은 이 불안정한 두려움이라는 감정을 고요히 잠재우는 것입니다.

살아가면서 우리는 여러 종류의 두려움과 수없이 마주해야 합니다. 죽음에 대한 두려움, 질병에 대한 두려움, 이별에 대한 두려움, 실패에 대한 두려움과 마주해야 합니다. 그런 예고된 두려움을 떨쳐내는 방법은 두려움이라는 감정의 근원이 무엇인지 헤아려 떨쳐 내거나 극복하는 것입니다.

나보다 더 중요하지 않은 그 무엇에 대한 두려움은
더 이상 내 것이 아니라고 자신을 비웁니다.
부정적인 감정은 내게 조금도 유익하지 않으니
버려야 한다고 자신을 깨우치는 겁니다.

자연은 인간의
궁극적인 스승

필자는 정선에 둥지를 틀고 사는 노인에 불과합니다.

나무와 숲과 새들의 지상 낙원인 자연에 둥지를 틀고 싶어서 긴 여정을 돌고 돌아서 마침내 낙락장송이 부럽지 않은 자연인이 되었습니다. 아니 더 조화로운 자연인으로 살다가 완벽한 자연으로 돌아가고 싶은 로망입니다. 그러나 자연의 품은 넉넉한 것 이상으로 어떤 경지를 요구합니다. 몸과 마음속에 담고 있는 그 어떤 욕망의 무게를 허락하지 않습니다.

비우고 가벼워야만 자연의 품에 온전히 안길 수 있습니다.
경이로움에 따르는 깨달음을 가져야만
자연이 인간을 반깁니다.
인간이 마침내 돌아갈 곳도 최고의 스승도
자연이라는 변할 수 없는 사실 때문입니다.

그래서 필자는 오늘도 걷기 명상에 빠져봅니다.

인간의 행동 중 가장 기본적인 행동이 걷기입니다. 걷기는 인간만이 할 수 있는 매우 특별한 행동으로 운동적인 요소뿐만이 아니라 걷는 동안 사색과 사유를 할 수 있는 철학적인 요소도 포함됩니다.

걷기는 운동과 철학의 요소를 함께 가지고 있는 인간의 매우 특별한 행위라고 할 수 있습니다.

이 철학적 걷기 명상에는 약간의 오해가 있습니다.
"어떻게 몇 시간 동안 걷기에 집중할 수 있지?"

걷기 명상을 오로지 걷기에만 집중하는 것으로 생각해서 하는 질문입니다. 그러나 걷기 명상에서의 '걷기'는 인간이 할 수 있는 모든 행동을 걷는 행위에 얹혀 놓은 것일 뿐입니다. 행동 자체에 집중하는 면이 있기는 하지만, 그래도 걷는다는 것은 호흡 명상에서의 호흡처럼 규칙적인 리듬을 지속해서 제공합니다. 규칙적으로 제공되는 리듬에서 가장 안정되고 편안한 최적의 상태를 만들어 마음 챙김을 하는 것입니다.

그리고 자신의 활동을 전혀 인식하지 못하게 되었을 때 비로소 몇 시간을 걸어도 피곤하지 않습니다. 그 정도 경지에 도달해야 걷기 명상의 상태에 이른 것이고 할 수 있습니다.

루소는 《고백론》에서 '걸을 때만 명상에 잠길 수 있다'라고 했습니다. 니체는 '걷기를 통해서 나오는 생각만이 큰 가치가 있다'라고 했습니다.

필자가 명상에 관심을 두기 시작한 것도 등산을 시작하면서였습니다. 어떤 경지에 이르기 위함이 아니라 시끄러운 마음을 다스리고 싶어서 산에 올랐고 걷는 것이 일상화되었습니다. 그러다 보니 루소의 고백처럼 필자 역시 걷는 행위를 통해서 조금 더 성숙한 인생을 살 수 있었다는 생각이 듭니다.

걷다 보면 마음이 안정되면서 고요해지는 걸 느낄 수 있습니다.
그 고요한 경지에서 떠오른 생각은
결코, 섣부르거나 잘못된 판단일 수 없습니다.

모든 가치는 생각하는 힘에서 나오고 그 생각은 어떤 경지에 이르렀을 때 가장 빛나기 때문입니다.

자연! 그 경이로움 톺아보기

필자의 등산 이력은 청년 시절부터 올라갑니다.

홀로 유학 생활을 시작하면서 나를 이기고 극복해야 할 때마다 산을 찾았습니다. 그 덕분에 필자는 지금까지 지치지 않고 하고 싶은 일들을 해왔습니다. 필자가 로미지안 가든을 만든 것 역시 나를 살린 자연에 대한 동경 때문입니다.

> 산, 자연의 품이 필자를 위로하고
> 다독이며 용기를 주지 않았더라면
> 여러 번 주저앉았거나 넘어졌을지도 모릅니다.

필자의 소나무 숲은 수백 그루의 적송이 햇빛을 방해하지 않을 만큼의 거리를 유지하며 평화롭게 공존합니다. 한겨울 동해를 넘어온 바람이 소나무 숲을 흔드는 소리는 느슨해 있던 이성을 차갑게 불러냅니다. 또 밤새 내린 눈을 이고 하얀 미소를 평화롭게 머금고 있는 풍경은 시리도록 아름답습니다. 안개 자욱한 솔숲에 들어서면 태고의 신성이 무아 속으로 이끕니다.

그 비현실적인 안개 속으로 들어설 때마다 필자는 이슬 한 방울의 존재처럼 느껴지곤 합니다. 순간은 완벽한 자연 속으로 스며든 것 같아서 황홀할 지경입니다.

필자가 그토록 애정하는 소나무 숲도 한때는 수난을 겪었습니다.

어느 해인가 태풍이 불어서 수십 그루의 소나무가 큰 생채기를 입었습니다. 부러지고 뽑힌 채로 나뒹굴고 있는 소나무를 보면서 오랜 시간 마음이 아팠습니다. 마치 필자의 책임으로 그리된 것만 같아서 소나무 숲을 찾는 것이 미안할 지경이었습니다.

하지만 필자는 부러지고 쓰러진 소나무 근처에서 여린 소나무들을 발견했습니다. 숲은 절망하지 않고 끊임없이 새 생명을 키워내고 있었던 것입니다. 필자는 자연 앞에서 다시 한번 탄식했습니다.

일반인들이 가장 좋아하는 나무가 소나무라고 합니다. 새 생명이 태어났을 때도 금줄에 솔가지를 끼웠고, 생을 마치면 소나무로 만든 관속으로 들어가 흙 속에 묻힙니다.

이처럼 소나무와 인간의 인연은 영겁의 시간을 함께할 정도로 깊다고 할 수 있습니다. 필자도 어느 순간 소나무 숲의 안개 또는 바람처럼 감쪽같이 사라져 자연으로 돌아갈 것입니다.

용감한 자에게
찾아오는 고독

시간이 갈수록 혼자 보내는 시간이 많아집니다.

주로 혼자 음악을 듣고, 혼자 운동을 하고, 혼자 독서를 합니다. 혼자 보내는 시간이 심심하고 외로운 것이 아니라 오히려 여유롭고 고독에 빠질 수 있어서 좋습니다. 고독이 나를 친절하게 위로하기 때문입니다. 고독이 찾아온 순간 오히려 숨 가쁜 일상에 잠시 쉼표를 찍을 수 있기 때문입니다.

내 안의 소리가 크게 들려오고 나만의 소리에 집중하게 될 때, 그런 때가 고독을 즐기는 순간입니다. 단지 홀로 남겨질까 두려워하는 마음을 가진다면, 고독의 참맛을 알 수 없습니다. 오롯이 홀로 섰을 때, 내면에 귀를 기울여 고독과 마주할 수 있어야만 혼자인 나를 즐길 수 있습니다. 고독이 엄습할 때 오히려 당당한 사람이 진짜 나를 사랑하고 다른 이를 사랑할 수 있습니다.

혼자 있는 시간을 가지면 인생의 많은 문제가 해결됩니다. 혼자가 되는 걸 두려워하지 말고 외로움에 감사하며 그 고독감에 귀를 기울이면, 내가 진정 그리워하고 바라는 것이 무엇인지 내면의 소리를 들을 수 있습니다.

고독이 찾아오면 그것을 물리치려고 안간힘을 쓰는 사람이 있습니다. 고독이 찾아오면 그것을 즐겨야 합니다. 혼자 음악을 듣고, 혼자 운동을 하고, 혼자 독서를 하면, 심심한 것이 아니라 오히려 더 여유롭고 편하다는 걸 알게 될 것입니다.

외롭다고 슬퍼하거나 우울한 감정에 빠지지 말고, 내 마음을 찬찬히 들여다봅니다. 내면의 소리가 크게 들려오고 그 소리에 집중하게 될 때, 그때가 고독을 즐기는 순간입니다.

인간이란 본질적으로 외롭습니다.
외로움에 떠는 것보다 더 불행한 것은
외로움을 느껴 볼 시간을 갖지 못하고 살아가는 것입니다.

마음의 중심이 잡히면 혼자 있어도 절대 외롭지 않습니다. 중심이 잡힌 사람은 자유롭습니다. 자유란 자신을 위해서 살 줄 아는 사람만이 누릴 수 있는 적막한 희열이기 때문입니다.

용감하게 혼자가 되는 순간
친절한 고독이 찾아옵니다.

삶은
시간의 경험

살아가면서 남에게 의지하려는 사람이 많습니다.

서로 돕고 살아가야 하는 세상이긴 하지만 누군가의 도움은 잠시 잠깐의 방법을 해결해 줄 뿐, 근본적인 문제를 해결해 주지는 못합니다. 결국, 모든 문제의 해결은 스스로 방법을 찾아내는 것입니다.

일찍부터 홀로서기를 시작한 필자는 독립적이고 주체적인 삶에 대한 의지를 누구보다 독하게 깨달았습니다. 필자에 대해서 모르는 사람들은 '당신처럼 성공한 기업인이 힘든 삶에 대해 무얼 알아?' 하고 질문할 수도 있을 것입니다.

그러나 어느 시인의 말처럼 어찌 흔들리거나 주저하지 않는 삶이 있겠습니까. 어느 인생인들 사계절이 없겠습니까.

살아가는 모습은 크게 다르지 않다고 생각합니다.

부자는 부자대로의 고통과 어려움이 있고 가난한 사람은 가난한 대로 배고픔과 고단함이 있는 것입니다. 하지만 그러한 삶의 고통과 어려움을 어떻게 대처하느냐에 따라 삶은 달라질 수 있습니다.

필자는 누군가에게 의지하거나 도움을 받기보다 스스로 개척하고 극복하는 것을 늘 선택했습니다. 결정적인 순간 남의 도움을 구하면 쉽게 해결 볼 수 있지만, 자신의 의지로 해결하려면 엄청난 인내심과 두려움을 감내해야만 합니다.

그러나 자신의 의지로 문제를 해결했다면 결과는 크게 달라집니다. 남의 도움은 늘 마음의 빚으로 남지만, 자신의 의지로 문제를 극복했다면 성숙한 시간의 경험을 얻은 것입니다. 무엇으로도 살 수 없는 경험은 자신을 당당하고 주체적인 인간으로 거듭나게 합니다.

어떤 사람은 일을 좋아하고 어떤 사람은 일이라면 질색을 하는 사람도 있습니다. 또 어떤 사람은 노는 걸 좋아하지만 어떤 사람은 일이 없으면 좀이 쑤셔서 견디지 못합니다.

우리가 어떤 삶을 살아가느냐는
하는 일과도 관계가 있지만, 그보다는
자기가 하는 일을 스스로 어떻게 받아들이느냐 하는
경험의 내용과 더 관계가 깊습니다.

삶은 시간의 경험이라고 할 수 있습니다.
보고 느끼고 행동하며 쌓은 시간이
나를 더 단단하고, 성숙하게 만듭니다.

그러므로 자신의 시간을 어떻게 할당하고 투자할 것인가를 지혜롭
게 결정하는 것은 누구에게나 중요합니다.

모든 순간이
인생

'모든 순간이 인생이다'

필자가 이 노래 가사를 쓴 이유는 남편으로, 아버지로, 사회인으로 살아가는 우리 사회 중년 남성들의 삶을 표현해 보고 싶었기 때문입니다. 역할과 책임감을 짊어지고 허덕이며 충실하게 살아온 그들이 왜 인생의 중턱에서 주저앉아 힘겨워하는지 그들의 아픔에 대해서 공감해 보고 싶었습니다.

필자 역시 아버지가 되어 가장이라는 책임감으로 사느라 고민과 걱정을 속 시원히 털어놓지 못했습니다. 속으로 삼키거나 남모르게 아파했습니다. 그러는 동안 내면의 상처는 더 심하게 곪아가고 외로움은 더 깊어졌습니다.

필자는 이런 중년 남자들의 고달픔을 잘 이해합니다. 그들과 함께 외로움을 나누고 공감하면서 힘든 삶을 치유해 나가고 싶습니다.

'못 잊을 내 아버지' 노래 가사에 나오는 아버지는 가족 또는 자신

때문에 방황하고 갈등합니다. 화해하지 못하고 사는 남성들의 사연이
절절합니다.

누군가는 자식과 갈등하고
누군가는 배우자를 갑작스레 떠나보내고
또 누군가는 인생의 허망함을 토로합니다.
중년의 삶을 사는 사람이라면 누구나 한 번쯤 경험했을,
고민해봤을 이야기들입니다.

우리 인생의 본질은 어쩌면
아픔을 극복해 나가는 과정일 뿐인지도 모릅니다.

필자가 작사한 이 두 노래 가사를 통해서 어떻게 하면 행복한 중년,
노년을 살아갈 수 있을까 고민해 보았습니다. 행복은 외부에서 찾는
것이 아니라 우리 내부에서 찾는 것이라고 말해주고 싶습니다. 지금
까지 열심히 살아온 자신을 존중하며 긍정적으로 받아들이는 순간부
터 행복은 시작되기 때문입니다.

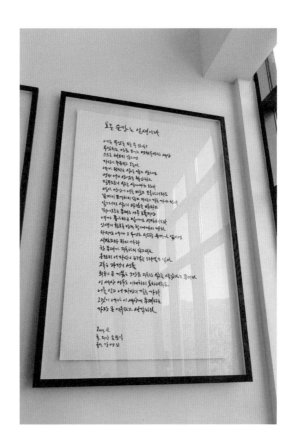

공감의 행복

어떤 삶을 살아야 만족감을 느낄 수 있을까요?

지나고 보면 많은 일이 상실감으로 따라오는 경우가 있습니다. '모든 순간이 인생이다'란 노래는 자신이 좋아하는 일을 찾으면 용기를 가지고 포기하지 말고 목표하는 곳까지 가야 한다고 말합니다. 그것이 '자신의 삶과 존재의 가치'라고 생각하면서 말입니다.

요즘 어떠신가요? 괜찮으신가요?

불안과 두려움은 생각하지 못했던 곳에서 찾아옵니다. 주변 사람들에게 인정받고 사랑받고 싶은데 그렇지 못할 때도 불안과 두려움을 느낍니다. 인정받고 싶은 욕구가 채워지지 않거나 받고 싶은 만큼 사랑받지 못하면 자신을 결핍 있는 존재, 결함 있는 존재로 규정해 버리는 경우가 많습니다.

어린 시절의 애정 결핍과 관계 있는 인정 욕구는 무의식 깊이 뿌리 내려 성인이 되어도 좀처럼 사라지지 않습니다. 오히려 점점 더 커져서 과도한 물질 소유 욕구로 대체되기도 합니다. 더 많이 가지고 싶고 더 많이 사랑받고 싶은 욕망은 인정 욕구의 또 다른 얼굴인 셈입니다.

젊은 청춘기와 중년에는 목표를 향해 돌진하며 성공이라는 눈에 보이는 것들을 추구하기보다, 그동안 보지 못했고 느껴보지 못했던 것들에 의미를 부여하며 사는 것이 더 바람직하다는 생각이 듭니다. 직접적인 체험을 통해 삶의 지혜를 터득해야 합니다. 타인과 경쟁하고 비교하며 1등만을 최우선으로 여기는 삶의 자세에서 벗어나 자신을 행복하게 만드는 것들을 찾아 나서야 합니다.

나이가 들어간다는 것은 상실을 자연스럽게 받아들일 만큼
생각과 마음이 넓어지고 성숙해진다는 의미입니다.

나이가 들면 들수록 자신을 위로할 가치가 있는 존재로 대하기보다는 무기력하고 무능력한 존재로 단정짓는 경우가 많습니다. 이제껏 해온 것보다 하지 못한 것에, 지금 가진 것보다 가지지 못한 것에 집착하면서 자신을 실패자로 낙인찍는 것입니다.

그러나 자신을 실패자로 규정하는 순간, 아무리 열심히 살아왔고 많은 성공을 거두었다고 해도 실패자가 되고 맙니다.

'나는 실패한 사람'이라는 부정적인 말 한마디가
자신을 진짜 실패자로 만들어 버리는 것입니다.
이제부터는 자신을 위로와 격려받을
가치가 있는 소중한 존재로 여겨야 합니다.

중년 이후 행복한 인생을 살고 싶다면, 경쟁에서 이기는 능력이 아니라 명상을 통하여 마음과 귀를 열 줄 아는 공감 능력을 키워야 합니다. 결과에 대해 환호하거나 비판하기보다는, 결과와 상관없이 그동안의 수고와 노력에 대해 공감을 표현해 보는 것입니다.

행복은 상대의 마음에 귀 기울이고
있는 그대로를 받아들이는 공감에서부터 시작됩니다.

지혜로움을 배워나갑니다

인간이 만든 과학은 호기심과 상상력, 삶의 편의라는 이름으로 비약적인 발전을 해왔습니다.

강한 선진국을 만드는 것도 과학의 발전 여부에 달려 있고, 개인의 삶 또한 어마어마한 과학의 힘을 얼마만큼 내 것으로 만들 수 있는지로 능력을 판단하는 시대에 살고 있습니다. 고가의 스마트폰과 사물인터넷의 수요가 국가의 경쟁력이 된 시대가 만들어내는, 총성 없는 경제 전쟁 또한 갈수록 치열해지고 있습니다.

그렇다면 인간의 행복지수도 과학의 속도에 맞춰 성장했을까요?

최근 아니 21세기 앞에서 그 믿었던 과학이 속수무책 당하는 걸 경험한 우리는 자연의 무시무시한 위력에 좌절하고 무너졌습니다. 지구촌에서 발생하고 있는 홍수와 가뭄, 태풍과 지진 화재는 이제 일상이 되어가고 있습니다. 과학이 자연을 무시한 결과입니다. 개발이라는 또 다른 이름으로 가해진 과학의 맹신이 자연을 파괴하며 생태계를 교란한 결과입니다.

봄부터 세계인을 경악시키고 있는 코로나19 역시 초과학문명 시대에 받은 21세기의 초라한 성적표라고 할 수 있습니다. 인간은 자연을 너무 함부로 대했고 너무 많이 소비했습니다. 소유하고 집착하느라 어리석음에 눈이 멀어 자연의 소중함을 깨닫지 못했습니다.

산에 오르다 보면 산짐승들도
제 각각 자신의 영역이 있다는 걸 알 수 있습니다.
산까치와 노루도 제 사는 영역과 집이 있어
침입자를 경계합니다.
꽃과 나무들 또한 인간의 잦은 손길을 불편하게 생각하는지
손을 타면 시들어버립니다.
자신들만의 영역과 생태계의 질서가 있는 것입니다.

그런데도 인간은 자연의 모든 것을 폭력적으로 소비했습니다. 자연의 경고 앞에서 인간은 오만과 독선을 버리고 겸손해야 합니다. 그리고 자연의 지혜로움을 배워나가야 합니다.

자연에 몰입할수록 마음이 넓어집니다

호흡은 나의 마음입니다

화가 나면 숨이 넘어갈 듯 호흡이 거칠어집니다.
마음이 편안하면 숨소리가 고릅니다.
숨결의 상태에 따라서 자신의 감정을 측정할 수 있습니다.

필자는 걸을 때 호흡이 가장 안정됩니다. 걷기 명상에서 중요하게 생각하고 이해해야 할 것이 바로 숨, 호흡에 관한 것입니다. 걷기를 통해 몰입에 이르는 과정이 내쉬는 들숨과 날숨의 리듬에 맞춰 이뤄지기 때문입니다.

호흡은 우리의 몸에 직접적인 영향을 주지만 마음과도 매우 밀접한 관계가 있습니다. 필자는 최근에 새로운 등산로를 개발했습니다. 젊은 시절 자주 찾았던 백운대, 인수봉, 도봉산의 이름을 로미지안 가든으로 빌려온 코스입니다. 이 등산로는 거친 바위산으로 백운대와 인수봉, 도봉산보다는 완만하고 부드럽지만 때로는 암벽을 타야 하는 곳도 있어 짜릿한 매력을 느끼게 합니다. 마음이 불안하거나 심하게 긴장했을 때 호흡이 거칠고 빨라지는 것 역시 그런 이유라고 합니다.

필자는 자연으로 돌아와 걷기 명상을 시작하면서 마음을 다스리는 몰입 걷기부터 시작했습니다. 호흡을 알고 걷는 것과 호흡에 집중하지 않고 걷는 것의 차이는 컸습니다. 그냥 걷는 것이 아니라 암벽을 오르는 거칠고 힘든 몰입을 통해서 심리적 에너지를 얻고, 마음을 고도로 집중시킬 수 있었습니다. 물론 이 역시 한 번에 되는 것은 아닙니다.

몰입하기 위해서는 마음과 머리를 꽉 채우고 있는 온갖 잡생각들부터 말끔히 비워내야 합니다. 잠시 눈을 감고 숨을 고르는 찰나의 순간에도 수천수만 가지의 생각이 스쳐 지나가기 때문에 마음은 금세 사방으로 흩어져 버리기 쉽습니다. 그래서 흩어진 마음을 다잡는 것이 중요합니다.

호흡으로 잡다한 생각을 붙잡는 가장 쉬운 방법은 바로 '자신의 호흡을 인지'하는 것입니다. 모든 생각을 호흡에 집중하고 코를 통해 들어오고 나가는 숨을 느낍니다. 호흡으로 다스려지는 몰입 걷기 호흡은 집중력을 기르고, 집중력은 몰입의 상태를 유지하도록 도와줍니다. 특히 자연의 경이로움은 몰입하게 만드는 능력이 있습니다. 도심

한복판이나 인공적인 소음이 들려오는 곳에서의 몰입과 집중은 어렵지만 자연 속에서 자세를 취하면 자신도 모르게 자연의 풍경과 소리에 저절로 빠져들게 됩니다.

저녁나절의 운무와 새벽을 여는 안개를 마주하는 순간
자신도 모르게 빠져든 경험이 있을 것입니다.
청명한 하늘과 스치는 바람은
순간을 잊게 하는 힘이 있습니다.

자연은 이처럼 의식하지 않아도
저절로 몰입하게 만드는 능력이 있습니다.

사람은 명상을 통해서 의식을 무의식으로 바꾸는 능력을 발휘해야 합니다. 자기조절 능력을 통해 몰입의 단계에 이르는 것이 명상의 가치이고, 명상을 통해서 우리 몸은 휴식을 취하거나 재충전할 수 있는 상태에 들어간다고 합니다.

자연이 인간의 스승이라고 할 수 있는 것도 가장 편하게 숨 쉴 수 있도록 하는 힘을 가졌기 때문입니다.

호흡에 깃든
우주의 기운

정선 가리왕산 줄기에 둥지를 튼 것은 서울과 확연하게 차이 나는 공기 때문입니다.

인연이 닿으려고 그랬는지 처음 가리왕산에 올랐을 때, 필자는 청정하면서도 쨍쨍한 공기에 정신이 번쩍 들었습니다. 어찌나 칼칼하고 달달한지, 가리왕산에 오르지 않았다면 결코 느껴보지 못했을 대기였습니다.

필자는 그 즉시 정선을 선택했습니다. 호흡기 질환이 있는 아내를 위해서 정선이 운명처럼 느껴졌던 것입니다. 필자의 판단은 옳았습니다. 아내의 건강은 회복되었고 필자 또한 정선에 오고부터 제 마음의 소리에 귀를 기울일 수 있었습니다. 공기 좋은 가리왕산 덕분입니다.

정선에 살면서 숨과 산소의 중요성에 대해 많은 생각을 합니다. 우리는 단 5분만 숨이 막혀도 산소 공급이 중단돼 죽을 수 있습니다. '숨

과 산소'는 생명과 건강 유지에 있어서 매우 중요할 뿐만 아니라 올바른 숨쉬기는 몸과 마음의 상태를 좋아지게 만듭니다.

필자는 아내의 숨소리만으로도 실내의 공기 질이 좋은지 나쁜지 금방 알 수 있습니다. 아무리 공기청정기를 돌리고 환기에 신경을 써도 나무와 숲이 만들어 내는 산소 같지는 않습니다.

호흡에는 복식호흡과 흉식호흡, 단전호흡이 있습니다. 이 중 명상할 때 사용하는 호흡법은 복식호흡입니다. 흉강과 복강 사이에 있는 횡격막을 상하로 움직이면서 공기를 들이마셨다가 내뱉는 동작을 반복합니다. 명상을 시작할 때 가장 어려웠던 부분이 호흡이었습니다. 여러 호흡법에 대해 들어서 알고는 있었지만 직접 해 보니 몸이 생각대로 따라주지 않았습니다. 그러나 이제는 어느 정도 호흡을 조절할 수 있는 정도의 수준에 이르렀습니다.

먼저 배를 천천히 내밀면서 코로 숨을 들이마십니다. 호흡 명상 매뉴얼에 따라 마음의 초점에 맞추고 숨을 들이마시는 것입니다. 그런 다음 3~5초 정도 정지한 후, 반대로 숨을 내쉴 때는 배를 천천히 집어넣으면서 숨을 조금씩 끊어서 내쉽니다. 이 역시 생각나는 단어를 마음의 초점에 맞추고 숨을 내쉬라고 합니다.

이 행위는 호흡하는 동안 의식적으로 쌓였던 불편한 감정들을 비워내고, 일과 사람으로부터 받은 스트레스, 나쁜 습관에 길든 몸과 마음을 의식적으로 비워내려고 하는 호흡법이라고 합니다. 그리하면 긴장이 풀리면서 호흡이 고르게 느껴지고 몸과 마음이 느슨해지는 걸 느낄 수 있습니다.

우주의 기운이 나를 감싸는 느낌이 온몸에 전해지면서, 어떤 현상이나 형상의 실체가 사라진 것 같은 체험을 하게 됩니다. 개인마다 느낌의 경지는 다르겠지만 필자는 그 느낌을 글로 표현할 수 있을 정도의 몰아를 경험했습니다.

고독한 몰입

인간이란 본질적으로 외로운 존재입니다.

외로움 때문에 몸을 떠는 것보다 더 불행한 것은 외로움을 느껴 볼 시간을 갖지 못하고 살아가는 것입니다. 중심이 잡히면 혼자 있어도 절대 외롭지 않습니다. 중심이 잡힌 사람은 자유롭습니다. 고독을 지키면 외로움을 이길 수 있습니다.

필자의 하루 생활 리듬을 한마디로 정의하자면 '고독으로 들어가기와 고독에서 빠져나오기'입니다. 우리에게 가장 긴요한 것은 결국 고독을 견디는 능력, 아니 고독을 즐기는 능력일지도 모릅니다.

고독이 찾아오면 즐겨야 합니다. 외롭다고 슬퍼하거나 우울한 감정에 빠지지 말고, 자신의 내면을 찬찬히 들여다봐야 합니다.

내면의 소리가 크게 들려오고 그 소리에 집중하게 될 때
그때가 고독을 즐기기에 가장 좋은 순간입니다.

물소리가 주는
평화로움

산에 오르면 당연히 계곡을 만나게 됩니다.

가리왕산은 특히 골이 깊어서 크고 작은 폭포와 계곡이 많습니다. 차가운 바위에 걸터앉아 거친 바위 아래로 떨어지는 물이 흐르는 것을 보고 있으면 티끌만큼의 생각조차 사라진 것을 느낍니다. 그저 눈으로만 느껴질 뿐 몸과 마음은 산 아래 두고 온 듯 고요하기 그지없습니다.

이처럼 물소리는 마음을 집중하게 만드는 마력이 있습니다. 마음을 비우고 시공을 느끼지 못하게 하여 몰아의 경지에 이르게 만듭니다. 필자가 산을 찾는 이유 중 하나도 물소리를 통해 마음을 집중하기 위함입니다.

빗소리, 시냇물 소리, 폭포 소리는 심리적 안정감을 높여주는데, 이것은 뇌파의 주파수 중 하나인 알파파의 영향 때문입니다. 알파파는 마음이 평화롭고 고요할 때 발생합니다.

사람들이 물을 찾아 떠나는 이유도 물이 마음을 안정시키고 정화하는 능력이 있기 때문입니다. 특히 명상하는 사람들은 계곡에서 많은 수련을 합니다. 우아일체(宇我一體)의 경험을 하기 위해서입니다. 우아일체란 우주와 내가 하나가 된다는 뜻입니다. 물소리를 통해 내면으로 몰입, 마음의 안정을 찾고 정화하는 명상입니다.

새벽이슬 한 방울에 들어있는 우주를 보고,
쉼 없이 쏟아지는 폭포에 넋을 잃고 있노라면
나는 사라지고 소리만 들릴 때가 있습니다.
소리조차 사라진 그 너머로 한없이
평화롭게 펼쳐진 고요가 눈을 감길 때가 있습니다.

바람의
노래

로미지안 가든에서 가장 좋아하는 곳은 소나무 숲입니다.

소나무 숲에는 품이 넉넉한 수백 그루의 적송들이 우아한 자태로 하늘을 향해 서 있습니다. 자연이 그처럼 우아하고 품격 있다는 것을 필자는 적송을 보면서 알았습니다.

언제나 한결같은 모습으로 반기니, 필자는 변치 않는 애인을 찾아 가듯 자주 그곳을 찾습니다. 눈 부신 햇살을 받아내고 있는 소나무들을 감상하고 나면 저절로 고개가 숙어지고 눈이 감깁니다.

소나무 숲을 가만가만 흔들어대는 바람 소리와 함께
오래된 소나무 향이 코끝을 파고듭니다.
현실의 영혼은 사라지고 솔숲을 노니는 바람과 향기가
그 자리를 가득 채웁니다.

시간의 개념이 사라지는 순간이 오면
바람 소리에 육신의 무게조차도 느껴지지 않게 됩니다.

필자는 바람 소리의 매력을 솔숲에서 발견했습니다. 명상을 알기 이전부터 솔숲이 주는 마음의 평화와 정화를 알았습니다. 바람은 눈으로 볼 수 없는 형이상적 요소이지만 많은 예술인이 현실의 요소들과 결합하여 예술적 승화를 이뤄냈습니다.

필자가 솔숲에 머무는 것을 좋아하는 것도 예술적 영감의 지평을 넓혀주기 때문입니다. 바람 소리에 집중하는 것이야말로 자연 명상의 기본입니다. 숲이나 나무, 꽃이 있는 곳을 걷고 있다면, 잠시 걸음을 멈추고 눈을 감아보길 바랍니다. 초자연의 기운이 나를 감쌀 것입니다.

베고니아의
색과 향기

꽃을 싫어하는 사람은 없습니다.

꽃을 좋아하면 나이가 들었다는 우스갯소리가 있는데 아주 틀린 말은 아닌 듯싶습니다. 필자도 젊은 시절엔 꽃을 예찬하지 않았습니다. 꽃이 아름답다는 것은 알지만 그 꽃에 감동하여 가슴이 설레지는 않았습니다. 꽃이 피고 지는 것에 대해 계절의 변화 이상은 느끼지 못했습니다.

그러나 꽃향기에 들뜨고 시들어가는 꽃잎에서조차 경이를 느끼는 순간이 되고 보니 어느새 인생의 마지막 능선을 오르고 있는 자신을 발견하게 되었습니다. 그 말은 젊은 사람들이 꽃을 싫어하는 것이 아니라 꽃을 감상할 수 있을 정도의 여유로운 환경에서 살고 있지 못하다는 뜻이기도 할 것입니다.

필자도 그랬습니다. 성공과 목표라는 명제가 절박해서 자연을 감상할 마음의 여유가 없었습니다.

돌이켜보면 모든 성공에는 전제 조건이 붙는 것 같습니다. 필자가 현재 자연을 탐닉하는 것도 그 시절 잃어버리고 산 것들에 대한 보상을 얻고자 함인지도 모르겠습니다.

눈앞에 핀 꽃을 자신이라고 생각합니다.
내가 이 세상에 태어났을 때
주변 사람들은 얼마나 기뻐했을까요?
어린 시절에는 어떤 경험을 했나요?
당신의 어린 시절은 어땠나요?
사회에 나와서 지금까지 어떤 경험을 했나요?
지금까지 자신이 가장 크게 성장했을 때를 떠올려봅니다.

그리고 꽃에 묻습니다.
눈앞에 활짝 피어있는 꽃처럼 나도 지금 활짝 피어있나요?

필자는 '베고니아 하우스'에 갈 적마다 그렇게 물어봅니다. 그 꽃은 지난해 피웠던 꽃의 씨앗이 성장한 것입니다. 야생이 아닌 유리온실에서 자란 꽃이지만 그들 나름으로는 온실의 환경에 적응하느라 적잖은 어려움을 겪었습니다. 그러한 시간을 견디었기에 자신의 향기와 존재감을 유감없이 뿜어낼 수 있는 것입니다.

많은 꽃이 씨앗이 되어 땅에 떨어진 위로 찬바람과 낙엽, 진눈깨비가 쌓였습니다. 그러나 따뜻한 봄이 찾아오면서 쌓였던 눈이 녹고 따듯한 온기가 퍼지면서 씨앗은 싹을 틔웠습니다. 그 싹은 봄바람을 맞으며 성장했고, 뜨거운 여름 태양 아래에서 더욱 강해졌습니다.

그러니까 필자가 보고 있는 화려하면서도 우아한 베고니아는 변화무쌍한 자연의 위력을 견디고 마침내 활짝 피어난 것입니다. 아무 일 없이 편안하게 저절로 피어난 꽃은 없습니다.

필자는 꽃만 좋아하게 된 것이 아니라 자연에 깊이 빠졌습니다. 오랜 시간 기업을 운영했으니 인간경영을 한 셈인데, 이젠 자연경영으로 삶이 자연스럽게 바뀐 것입니다. 가리왕산은 천지인(天地人)의 혈자리에 속한다고 합니다. 그런 가리왕산의 중턱에 살다 보니 의도하지 않아도 자연스럽게 자연화되어 가고 있음을 매일 실감합니다.

가리왕산의 꽃들은 고도가 있어 다른 곳보다 늦게 피어나고 일찍 시듭니다. 대신에 더 화려하고 진한 향기를 가지고 있습니다. 가리왕산의 야생화는 늦은 봄부터 만개하기 시작하여 늦가을까지 피고 지고를 반복합니다.

필자의 노력으로 더 화려해진 야생화 군락지에는 수십 종의 나비들도 감탄을 자아냅니다. 사실 명상은 그 꽃밭을 감상하는 것으로 시작

합니다. 무수한 나비들의 날갯짓과 살랑이는 꽃잎들, 따사로운 햇살에 시끄러웠던 마음은 어느새 몰입과 무아(無我)의 세계로 빠지게 됩니다. 필자가 꽃 명상에 관심을 두기 시작한 것도, 꽃을 단순한 감상의 대상이 아닌 감상에서 명상의 세계로 넘어갈 수 있는 충분조건이 될 수 있기 때문입니다.

책이 주는
무아의 경지

삶은 곧 배움이고 깨달음이라고 합니다.
배움은 크든 작든 열망하는 자의 몫이지만,
배움으로 얻는 깨달음은 열망이 아닌 어떤 경지입니다.

책을 많이 읽으면 공부를 잘하고 식견이 넓어진다는 사실은 누구나
다 알고 있는 사실입니다. 그것은 독서가 뇌의 모든 영역에 자극을 주
어 기능을 활성화하기 때문입니다.

뇌 과학자들에 의하면 인간의 뇌는 '뉴런과 시냅스'로 이루어져 있
고, 스냅스가 독서로 인한 기억력의 증진을 도와 사고발달에 영향을
주는 역할을 담당한다고 합니다. 독서가 사고발달에 영향을 주는 것
뿐만이 아니라 스트레스 수치를 낮춰준다는 것은 이미 밝혀진 사실입
니다.

모든 일이 그렇지만 미쳐야 성공할 수 있다고 합니다. 필자는 엄격한 부친 덕분에 공부에 대한 강박이 조금 있었습니다. 그래서 대학에 다닐 때부터 등산과 걷기 그리고 독서가 유일한 취미가 되었습니다. 혼자서 할 수 있고 혼자 사색하는 것을 좋아하다 보니 책 읽기는 일상이 되었고 자연스레 인문학적 사고에 길들었습니다.

필자는 오래전부터 독서를 통해서 마음의 치유를 얻고 있었습니다. 외롭거나 힘들 때마다 독서는 잠시나마 현실을 잊게 해주고 보호해주는 피안의 세계였던 것입니다. 외부의 세계에서 벗어날 수 있고 나만의 시간 여행을 떠날 수 있는 것이 책이라는 것을 일찍 경험한 터라 자연과 함께하는 독서는 또 다른 의미가 되고 있습니다.

명상의 기본은 멈춤입니다.
하던 일을 모두 멈추고 자신의 본 모습을 보기 위해서
깊이 호흡하는 것입니다.
독서 삼매경에 빠지는 것과 같습니다.

화엄경에서는 이를 선정(禪定)이라고 합니다. 어떠한 경험에 의해서 통각(統覺)으로 이루어지는 것을 관찰이라고 하는데, 사물을 통찰하는 지혜와 능력은 이 선정에 의한 관찰에서 나온다는 뜻입니다.

지혜는 존재 자체의 모습 그대로를

알게 되었을 때 비로소 깨달을 수 있고,

존재의 본래 모습은

몰입의 지경에 이르렀을 때 보인다고 합니다.

독서에 빠져 있다 보면 시간의 개념을 잊어버리고 자신조차 의식하지 못할 때가 많습니다. 독서를 통한 명상은 다른 세계로의 완벽한 몰입, 즉 놀라운 집중력을 발휘하게 합니다. 장미꽃 그늘에서 책을 읽다 보면 육신이 시공을 초월해 있는 느낌입니다.

소리도 향기도 사라진, 나조차 느끼지 못하는 무아의 경지, 그것이 진정한 명상입니다.

자연의 질감과 향기를 품은 다도

일본에서는 차 마시는 예법을 '다도(茶道)'라고 하지만 우리는 '다례' 라고 합니다.

일본의 다도 문화가 워낙 발달하다 보니 우리의 다례는 많이들 잊어버린 것 같습니다. 명상가들이 다도를 하기 시작한 것은 차 마시는 행위를 하나의 의식으로 여겼기 때문입니다. 차의 종류에 따른 물의 온도와 차를 담는 용기, 끓이고 담아내는 순서와 음용법 등 차를 대접하는 사람과 대접받는 사람의 태도 하나까지, 이러한 다도 문화는 매우 엄숙하고 경건하기까지 합니다. 그래서 다도를 행위예술이라고도 하며 휴식과 사교의 문화라고도 부릅니다.

필자가 차를 처음 접한 것은 어느 고즈넉한 사찰에서였습니다. 비 그친 저녁 무렵 그곳 주지 스님과 찻상을 마주했는데, 분위기 탓인지 아니면 공부가 큰 스님의 인품 때문인지 차를 우려내는 스님의 모습이 무척이나 인상적이었습니다.

차 맛은 처음이라 뭐라 표현할 수 없었지만 무슨 의식을 치르듯 차를 내리는 스님의 손길과 표정에서 필자는 경건하고 준엄한 자연의식을 느꼈습니다. 이후부터 필자는 차에 관한 생각을 달리하게 되었습니다.

다도는 사람이 자연을 받아들이고
그 의미를 깨닫게 하는 하나의 의식입니다.
몸과 마음이 정갈하고 함께하는 이들을 존중하지 않으면
의식을 치를 수 없는 행위예술이라고 생각합니다.

차는 자연의 맛을 가장 잘 느낄 수 있는 기호식품입니다. 마음의 여유와 시간이 필요한 차입니다. 차를 마시는 동안에는 잠시나마 나에게 집중할 수가 있고 마음의 휴식을 가질 수 있습니다.

차 한 잔 속에 나와 자연과 우주가 담겨 있으니, 존재의 가치를 깨닫지 않을 수 없습니다. 그래서 다도는 처음부터 끝까지 명상입니다. 몸과 마음, 정신이 하나 되어야만 자연과 온전히 동화될 수 있는 최고의 명상입니다.

필자도 요즘엔 자주 다도를 즐깁니다. 차 맛도 훌륭하지만, 차를 우

려내는 시간이 더없이 고요하고 평화롭기 때문입니다. 차 명상을 통해 헛된 욕망과 어리석음에 사로잡혀 있는 나를 알아차리고 지혜롭고 긍정적인 나로 거듭납니다.

어린 찻잎 하나가 나를 가르치곤 합니다.

음악에
나를 맡기며

고요한 산사에서 울려 퍼지는 스님의 독경 소리는
마음을 집중하게 하는 힘이 있습니다.
목탁 소리도 하나의 음악이라고 할 수 있고,
산사 처마에서 울리는 풍경소리도
훌륭한 힐링 음악으로 들릴 때가 있습니다.

명상하는 사람들에게 가장 익숙한 음악은 도이터의 'oving touch'일
것입니다. 그의 피아노 선율은 그야말로 천상의 노래만 같습니다. 명
상 중에 그의 음악을 듣고 눈물을 흘리는 사람들도 많습니다.

필자는 고 황병기 선생의 가야금 연주 침향무를 아주 좋아합니다.
그의 음악은 불교 음악인 범패의 음계를 바탕으로 동서양의 원시적
정서를 진하게 다루고 있습니다. 침향무를 듣고 있으면 문명 이전의
아름답고도 슬픈 추억으로 한없이 침잠하는 느낌입니다. 사라져버린

순수의 시대로 회귀하지 못하는 슬픔 같은 것입니다.

　도이터 음악도 자주 듣습니다. 도이터의 음악은 언제 들어도 마음이 평온해집니다. 우리 모두 많은 것들을 참고 이겨내야 하는 삶을 사는 것 같습니다.

　　　　　사납고 어지러운 세상살이에 지쳐 있을 때
　　　　　음악에 나를 맡기면 잠시라도 순수했던
　　　　　본래의 나로 돌아가는 듯한, 행복한 기분이 듭니다.

가리왕산으로 오르는
아라한 밸리 순례길

인생이 계획대로 흘러가면 좋겠지만 사는 것이 그렇게 쉽진 않습니다. 인생에서 방향을 잃었거나, 어려움이 닥쳤을 때는 정말 사는 것이 힘이 듭니다. 이럴 때 필자는 공원이나 산책로를 무작정 걷습니다. 걸으며 햇빛을 쐬면 마음을 행복하게 해주는 물질인 세로토닌과 토파민이 왕성하게 분비되어, 불안한 마음이 안정됩니다. 걷기는 아픈 마음을 푸는 가장 좋은 방법입니다.

산티아고 순례길이 유명해진 것도 걷기 명상에 빠진 사람들 덕분입니다. 필자도 그곳에 가보고 싶은 마음이 있었지만 가리왕산의 아라한 밸리와 아리 삼봉 알팬루터 트래킹에 빠져 살다 보니 이곳이 최고의 순례길이란 생각이 듭니다.

로미지안 가든 천연수에서 출발하여 가리왕산 하봉에서부터 중봉과 상봉으로 이어지는 아라한 순례길에 오르다 보면, 숨과 걸음이 저절로 맞춰지는 걸 느낍니다. 땀이 비 오듯 쏟아지는 시간을 통과하고 나면 숨은 고르고 걸음은 가벼워지는 경지에 이릅니다. 신체의 고통 따위는 사라지고 몸과 정신이 하나 된 것 같은 몰아일체(沒我一體)의 순간이 찾아오는 것입니다.

길 위의 명상은 걷고 또 걸으며 호흡하는 일이 전부이지만 순례자들은 자신의 걸음 속도에 맞춰 기도하기를 멈추지 않습니다. 구도는 길에서 시작된다는 말이 맞는 것 같습니다.

걷다 보면 버려야 한다는 생각조차 들지 않습니다. 떠오르는 생각들을 애써 내려놓으려 하지 않아도 호흡과 걸음에 집중하다 보면 나를 잊게 되는 순간이 옵니다.

필자는 가리왕산을 그야말로 뒷동산에 오르듯 자주 오릅니다. 그래서 사람들이 묻습니다.

"왜 그렇게 자주 산에 오르세요?"

필자는 웃으면서 대답합니다.

"걷는 게 좋고 산에 오르면 행복하기 때문입니다."

필자가 존경하는 틱낫한 스님도 그런 말씀을 하셨습니다.

"저는 걷는 게 너무 좋고 행복합니다."

처음부터 명상을 염두에 두고 걷는 사람은 없습니다. 그저 걷는 게 좋고 산을 좋아하기 때문에 오르는 것입니다. 첫걸음마를 배우는 어린아이처럼 걷는 것 자체를 즐깁니다.

걷는 의미에 집착할 필요는 없습니다.

세상의 의미는 살아가야 하는 이유만큼 복잡해서 허무하고 부질없는 것이 사실입니다. 의미에 집착하기보다 매 순간 본래의 나로 돌아가기 위해 마음을 다하는 것뿐입니다.

"세상에서 가장 심오한 가르침은 가장 짧은 가르침이기도 합니다.
바로 '나는 도착했다'입니다. 나의 숨으로 돌아왔다면 지금, 이 순간으로, 나의 본래 고향으로 돌아온 것입니다. 다른 곳에 도착하려고 애쓸 필요가 없습니다. 나의 최종 도착지가 묘지라는 것은 기정사실입니다.
그곳에 가려고 굳이 서두를 필요가 있을까요?
지금, 이 순간으로, 삶이 있는 곳으로 발길을 돌리면 어떨까요?
단 이삼일만이라도 걷기 명상을 수행하면 깊은 변화가 일어나고, 삶의 순간마다 평화로움을 즐기는 법을 배우게 됩니다."

– 틱낫한의 《걷기 명상 HOW TO WALK》 중에서

발끝으로 깨닫는 순례

필자는 불안할 때면 발바닥에 의식을 집중하면서 머리를 비우고 발바닥으로 땅을 느끼며 걷습니다.

호흡에 신경을 쓰면서 숲을 감상하는 것입니다. 바람 소리, 새소리, 물소리 그리고 숲의 질감을 느껴봅니다. 그렇게 천천히 걷다 보면 시끄럽고 불안했던 심리가 안정되는 것을 알 수 있습니다.

호흡이 정리되면 따사로운 햇살과 숲 내음이 온몸으로 스며드는 걸 느낄 수 있습니다. 산행도 그렇지만 명상은 어떠한 목표를 이루기 위해서가 아니라 어떠한 수준에 다다르기 위해서 자신을 고요히 다스리는 것입니다.

필자가 만일 가리왕산 정상만 목표로 세웠다면 몸과 마음은 모두 산행에만 맞춰져 있을 것입니다. 산의 속살이 얼마나 아름답고 향기로운지, 신비롭고 경이로운 숲의 생명을 눈에 담지 못할 것입니다.

정상에 대한 욕심만 있다면
축축한 땅과 이끼가 발끝으로 전해주는 생명의 신성을
심장까지 가져가지 못할 것입니다.
발끝으로 깨닫는 순례는
그래서 목표가 아닌 무엇에 이르는 길입니다.

숲에서 부르는
내 영혼의 노래

저마다 목표는 다르겠지만 몰입의 경험이 주는 일상의 즐거움, 몰입을 통해 자신을 확인하기 위해서 몰입 걷기 명상을 합니다.

그러나 저절로 몰입의 습관을 갖게 되는 것은 아닙니다. 몰입을 경험하기 위한 가장 기본적인 조건, 그것은 바로 재미, 즐거움입니다. 아무리 의지를 다지고 노력을 해도 즐기지 못하면 몰입 자체가 안 됩니다. 몰입은 자기 자신이 좋아하는 일에 미치도록 빠져야만 가능 합니다.

몰입 걷기는 언제 어디서나 누구나 가능한 명상입니다. 뇌를 포함한 온몸의 근육을 많이 사용하는 운동이기 때문입니다. 우리의 뇌는 산소를 연료로 작동합니다. 뇌에 산소가 원활하게 공급되고 '세로토닌'이 분비되야 뇌 건강이 유지됩니다.

뇌가 필요로 하는 하루 산소량은 100ℓ나 됩니다. 그러나 조건을 충

족시키기엔 현실의 벽이 만만치 않습니다. 대부분 사람은 온종일 콘크리트로 된 사무실과 교실, 집안에서 생활하는 시간이 많습니다.

　세로토닌과 가장 쉽게 만나는 방법은 숲속을 찾아 걷는 것입니다. 필자는 오랜 경험으로 숲속 걷기가 주는 몰입과 행복감을 누구보다 잘 알고 있습니다. 특히 걸으면서 하는 복식호흡은 산소를 충분히 들이마시게 해 세로토닌 신경을 단련시킵니다. 그 호흡의 흐름을 따라 걸으며 몰입의 상태에 이르는 과정은 발과 온몸의 신경을 골고루 자극하며 최고의 명상에 이르게 합니다.

몰입 걷기 명상을 제대로 하기 위해서는 내 안의 나와 솔직하게 만나야 합니다. 내면의 집중을 통해 자신과 대화하는 시간이기 때문입니다. 어느 순간 억눌려 있던 감정들이 강렬하게 올라와 괴로움과 마주하게 되지만, 이 같은 복잡한 감정과 생각에 휘둘리지 않기 위해서 걷고 있음을 알아차려야 합니다.

온갖 생각과 감정들이 사정없이 비집고 들어올 때는 앞서 배운 대로 호흡부터 붙잡아야 합니다. 복식호흡으로 숨을 깊게 들이쉬고 내쉬면서 떠오르는 잡념들을 받아들이고 알아차리며 다시 호흡으로 돌아옵니다. 호흡과 함께 집중과 몰입을 시작합니다.

숲을 걸을 때면 어디든 발길 닿는 곳이 바로
나를 발견하고 찾을 수 있는 명상센터가 됩니다.
나의 감각을 일깨우는 나무와 돌, 새와 바람의 노래가
내 영혼을 깨달음의 세계로 인도합니다.

내 생의
소리

필자는 요즘 들어 더 성숙해져야 한다는 생각을 합니다.

아내 로미와 두 손을 꼭 잡고 석양을 바라보며 숲을 걷다 보면, 모든 것들이 더없이 아름답게 느껴집니다. 하루도 빠짐없이 뜨고 지는 해를 바라보는 일조차 감사하고 기쁩니다. 얼마나 고마운 일입니까.

나는 아무것도 한 일이 없는 것 같은데
찬란한 해가 뜨고 지고를 반복하며
나의 삶을 만들어주니 감사하지 않을 수 없습니다.
매일 맑은 공기를 마시며
향기로운 숲을 걸을 수 있으니 축복받은 인생입니다.

필자는 형편없는 응석받이로 자랐습니다. 그래서인지 집 밖에서는 늘 자신감 없는 아이였고, 학교에 들어가서는 다른 애들보다 겁도 많고 표현력도 부족했습니다. 서울로 유학을 하면서부터는 경상도 사투리가 심해서 말 수가 더 줄어들어 나 자신을 늘 초라하게 생각했습니다.

그러면서 필자는 책에 빠져들기 시작했습니다. 닥치는 대로 책을 읽다 보니 차츰 내 안에 자아라는 것이 생겨났습니다. 허약했던 마음에 근육이 붙기 시작하면서 또 다른 변화를 꿈꾸었는데, 그것은 바로 걷기였습니다. 책을 통해서 마음의 근육을 단련했고 몸의 근육은 걷기와 등산을 통해서 단련했습니다.

돌이켜보면 '참나'를 찾기 위한 필자만의 처절한 노력이었던 것입니다. 그 덕분에 로미지안 가든의 아름다운 풍경 속에서 명상할 수 있으니, 늘 감사하고 평화롭습니다.

'아리 윈드 챠밍 벨 소리'가 정원 가득 은은하게 울려 퍼질 때면 이 순간의 생에 저절로 경이를 느낍니다. 챠밍 벨은 바람과 꽃과 나비의 춤사위가 만들어내는 생의 소리입니다. 솔숲에 머물던 구름이 떠나는 소리고 사랑을 찾는 벌들의 짝짓기 소리입니다. 그리고 붉게 타오르는 석양을 바라보며 순간의 삶을 찬양하는 필자의 생의 소리이기도 합니다.

현재의 내 모습은
과거의 내 발자국이 만들어낸 결과물이라고 합니다.
가만히 귀 기울여 보시기 바랍니다.
나를 울리는 그 소리가 바로
내 생의 소리임을 깨닫게 될 것입니다.

2부

나를 가만히
톺아봅니다

"눈앞의 꽃처럼 활짝 피어있나요?
세상이 아닌 자신을 먼저 바라보세요."

마음을 챙기는 자신이 보입니다

나에게
집중하는 시간

세상을 살아가다 보면 자신의 의지와는 상관없이 피할 수 없는 것들이 있습니다.

세상이 변화를 따르라고 요구하거나 심지어 강요하는 상황이 발생하기도 합니다. 그럴 때 우리는 그 상황에 능숙하게 대처해야만 합니다. 두려워하거나 상처받지 않고 대처하려면 마음이 건강하고 튼튼해야 합니다.

마음 수련을 통해서 어둡거나 두려운 마음은 닦아 내고, 지혜롭고 현명한 마음으로 거듭나야 합니다.

세상을 바라보는 방식을 바꿀 때
우리를 둘러싼 세상을 효과적으로 바꿀 수 있습니다.

이렇게 말할 때마다 필자는 오해를 받을 때가 많습니다. 명상하려면 꿈과 야망을 버려야 한다고 말하기 때문에 필자의 생각과 부딪치기도 합니다.

필자는 무언가를 성취하려는 열망은 인간의 타고난 특성이며 인생의 목적과 방향을 정하는 것은 매우 중요한 일에 속한다고 생각합니다. 오히려 명상으로 그러한 목적과 방향을 명확하게 규정하고 도움받을 수 있다고 생각합니다. 지속적인 행복감과 헤드 스페이스는 열망이나 야망에 좌우되지 않는다는 것을 명상이 직접 깨우쳐주기 때문입니다. 한마디로 명상은 우리를 더욱 편안하고 자유로운 마음으로 살아갈 수 있도록 도와줍니다.

또한, 삶의 방향에 대해서는 확신하도록 해주되, 그 결과에는 집착하지 않도록 이끌어, 뜻밖의 장애물이나 원치 않은 결과에도 좌절이나 상실을 느끼지 않도록 해줍니다.

무언가에 집중할 때 마음이
어떻게 고요해지는지 알아차린 적이 있습니까?

마음이 종잡을 수 없이 어수선하다가도 자신이 좋아하는 무언가에 몰두하고 오로지 그것에만 초점을 맞추면 마음이 차츰 가라앉으며 고요해집니다. 그 때문에 나에게 집중하는 시간과 마음닦음(톺아보기) 명

상은 일맥상통(一脈相通)한다고 할 수 있습니다.

이 말은 우선 마음이 초점을 맞춰야 할 어떤 것, 즉 집중해야 할 대상이 필요합니다. 전통적으로 그것을 명상의 대상 또는 인생경영의 대상이라 부르는데 외적인 것과 내적인 것으로 나눕니다. 외적 대상에 치중하는 명상에는 특정한 사물을 응시하기, 특정한 소리에 귀 기울이기, 특정한 단어나 구절을 반복해서 암송하기입니다.

우리는 과거를 지울 수는 없지만,
부정적인 결과에서 벗어날 수 있고,
그것을 사랑을 위한 선물로 바꿀 수 있습니다.
신에게 자신의 아픈 과거를 지워달라고 기도하기보다
마음을 치유해주시길 청해야 합니다.

마음의
버릇

다른 사람에게 가시 돋친 말을 하는 것은
'나는 당신보다 훌륭한 사람'이라는 생각을 하기 때문입니다.

그렇게 말하는 사람들한테 상처받을 필요는 없습니다. '저 사람은
가시 돋친 말을 하지만 욕구불만 때문일 거야. 우월감을 느끼고 싶다
는 욕망에 조종을 당하고 있구나'라고 생각해 버리면 그만입니다.

덧붙여 말하자면, 가시 돋친 말도 단지 말뿐일 때가 많습니다. 말로
받아들여 의미를 파악하기 전까지는 그저 음파에 불과한 것입니다.
'우월감을 느끼고 싶은 욕망에 사로잡혀 입으로 뱉은 상대방의 음파가
내 청각에 닿아서 들린 것뿐이야'라고 흘려버리면 말 때문에 마음을
다치는 일은 없을 것입니다.

이런 고민의 정체는 과연 무엇일까요?

각각의 고민이 아무리 특별하고 복잡한 척을 해도 어차피 욕망, 분노, 방황이라는 번뇌 에너지의 조합일 뿐입니다. 결국, 고민이 생기는 이유는 단 하나입니다. 자기 자신도 모르는 사이에 마음의 프로그램에 조종을 받고 농락을 당하기 때문입니다.

마음은 항상 자극을 바라기 때문에 부정적인 자극조차 기분 좋게 받아들여 나쁜 버릇으로 만들어 버리고 마는데, 이런 버릇을 불교에서는 '집착'이라고 부릅니다.

배후에서 우리를 조종하는 '마음의 버릇'을 간파해서 없앨 수 있다면, 즉 집착을 버릴 수만 있다면 우리의 삶은 달라질 수도 있습니다. 당연히 어떤 고민이든지 자유자재로 해결할 수 있게 될 것이며, 조종하는 정체를 알아내어 보이지 않는 그 투명한 실을 끊어버릴 때, 우리는 마침내 자유로워질 수 있습니다. 그렇게 된다면 조종당하지 않고도 자신의 의지대로 행복하게 살 수 있지 않을까 싶습니다.

내 안에서 찾는
삶의 의미

나이를 먹으면서 불행하다는 생각이 자꾸 든다면
행복을 잃어버린 것이 아니라
행복을 담을 수 있는 마음을 잃어버린 것입니다.
행복을 두 배로 키울 수 있는
사랑하는 사람들을 잃어버린 것입니다.
나에게 없는 것을 욕망하며
일상의 감사와 감동을 잃어버렸기 때문입니다.

행복을 찾으려면 지금 내가 사는 세상에 감사하고 감동하는 연습을
합니다. 그 속에 작은 것들이 주는 행복의 가치가 숨어 있습니다. 행
복은 자신 스스로가 찾고 발견하고 느끼는 것입니다.

타인의 기준대로 살고 싶어 하는 사람은 없습니다. 그 타인이 남편
이나 아버지라고 해도 마찬가지입니다. 아내가 남편이 원하는 대로

살아야 하거나 아이가 아버지의 기준대로 행동해야 할 이유는 없습니다. 사랑으로 포장된 아버지의 강압에 가족들이 손사래 치며 물러나는 것은 이 때문입니다.

내가 좋아하는 것을 남들도 꼭 좋아해야 하는 법 또한 없습니다.

아내가 싫어하는 것으로는
아내를 사랑할 수 없고, 아이들이 불편해하는 것으로는
아이들에게 기쁨을 줄 수가 없습니다.

"아이들은 아버지의 뒷모습을 보며 자란다"라는 말이 있습니다. 굳이 뭔가를 억지로 가르치고 주입하지 않아도 아이들 앞에서 걸어가는 아버지의 삶 자체가 아이들 삶에 등불이 된다는 뜻일 것입니다.

하지만 이제는 시대가 바뀌었습니다. 가장으로 열심히 살았으니 내 역할은 다했다는 식의 아버지상은 지나갔습니다. 이제는 묵묵히 앞장서서 걸어가는 아버지의 뒷모습이 아니라, 아이들과 손잡고 함께 걸어가는 아버지가 필요한 시대입니다.

뒷모습이 아니라 아버지의 온전한 모습을 보여 주어야 하는 시대입니다. 아이들과 적극적으로 친밀감을 형성하고 권위를 내세우지 않고 진심으로 다가가는 아버지가 되어야 합니다. 가장이란 그저 돈을 벌어다 주는 사람이 아닙니다. 아이들은 돈으로만 자라지 않습니다. 진

심 어린 관심과 행복한 말 한마디가 아이들을 성장시킵니다.

지금까지 "나는 잘할 수 있어", "나는 할 수 있어"라는 말로 자신을 필요 이상으로 다그쳤다면 이제는 "그만 해도 돼", "지금까지 열심히 살아왔으니 이제는 조금 편하게 살아도 돼"라고 말해주어야 합니다. 부족함 투성이인 인생이지만 "이제는 괜찮다"라고 자신을 위로해 주어야 합니다.

"괜찮아."

이 말은 사람을 일으켜 세웁니다. 자신을 인정하고 받아들이게 하는 마법 같은 말입니다. 우리는 이미 우리 자신으로 의미 있는 존재입니다. 삶의 의미는 나의 바깥에서 찾는 것이 아니라 내 안에서 찾는 것입니다.

'참나'를 알고 나를 이해하게 되면 일상에 숨어있는 작은 행복들이 보이기 시작합니다. 예전에는 거들떠보지도 않았던 하찮은 일들이 다른 무게로 다가옵니다.

누군가가 나를 배려하고 내가 원하는 행복을 준비해둘 거라는 기대는 거두는 게 좋습니다.

하루에 한 시간만이라도, 아니 십 분만이라도
나만의 소소한 행복을 누리는 이기주의자가 된다면
굳이 누군가의 관심과 배려를 갈망하지 않아도 될 것입니다.

나 자신이야말로 내가 원하는 행복을 준비하고 실천해 줄 수 있는 유일한 사람이니까요. 나 자신을 배려할 줄 알아야 타인도 배려할 수 있고, 자신을 사랑할 줄 알아야 타인도 사랑할 수 있습니다.

나의 행복을 책임질 줄 알아야 타인의 행복도 책임질 수 있기 때문입니다.

일체의 사고를 멈춥니다

생각이 많은 사람은 그만큼의 근심도 많습니다.

실수를 용납하지 않으려는 자존심 때문에 늘 불안과 초조를 달고 사는 경우입니다. 반면에 늘 긍정적인 생각으로 가득 찬 사람도 있습니다. 뭔가 계획하고 실행하고 이루려는 생각으로 머릿속이 항상 꽉 차 있거나, 생각의 끈을 놓지 못해 과부하 걸린 상태로 스트레스를 감당하며 사는 데 익숙해져버린 사람들입니다.

일본 작가 오시마 노부요리는 '걱정을 해서 걱정이 없어지면 걱정이 없겠네' 라는 책을 썼습니다. 늘 불안과 걱정을 달고 사는 사람들을 위한 책인 듯합니다. 이 책에서 작가는 손톱만 한 불안감이 전체를 갉아 먹는다고 얘기합니다. 또, 망상을 멈추면 새로운 인생의 문이 열리고, 불안은 현실이 아니라 머릿속에 존재한다고 했습니다.

우리의 사고는 계속해서 저장만 할 수 없는 구조입니다. 첨단과학으로 만들어진 메모리칩도 사용량이 있고 한도 초과 시는 문제를 발생시킵니다.

우리는 보통 화가 나거나 복잡한 문제를 풀어야 할 때
열 받는다는 말을 자주 씁니다.
기계도 쉬지 않고 돌아가면 고장이 나듯
우리의 사고도 쉬지 않으면
생각의 실타래가 얽히고설켜 엉망이 됩니다.

우리의 생각은 너무 복잡하고 계산적이고 불필요한 것들이 많습니다. 일체의 사고를 잠시 멈추는 행위는 생각의 숨통을 터주고, 새로운 사고를 만들어내기 위한 휴식이라고 할 수 있습니다.

그래서 아무 생각이 없다는 것은 새로운 생각을 담기 위한 완벽한 비움입니다.

활동과 움직임을 멈춥니다

생각이 멈춘 다음에는 활동도 멈춰야 합니다.

인간의 뇌는 사고를 멈추는 순간 일체의 움직임도 정지됩니다. 만일 생각 없이 행동하고 생각 없이 말한다면 사고 체계에 문제가 생긴 것입니다. 나를 쉬게 하는 가장 온전한 방법은 일체의 사고를 멈춤과 동시에 활동까지 정지된 상태를 말합니다.

걷기 명상의 하이라이트는 산 정상에 올라 정지 상태로 가만히 앉아 있는 것입니다. 아무 생각 없이 손가락 하나 움직이지 않고 멍하니 앉아 있노라면, 시간과 공간을 초월해 있는 느낌입니다. 애써 비우려 하지 않아도 자연스럽게 비어 있는 자신을 느낍니다.

격렬한 움직임을 멈춘 후에만 느낄 수 있는 무념무상(無念無想)을 불교에서는 망념(妄念)과 망상(妄想)이 없는 무심의 상태에 이르는 것이라고 합니다.

사람들은 일뿐만 아니라 많은 것들에 중독되어 있습니다. 게임에 중독되어 있고 술과 담배에 중독되어 있습니다. 중독의 심리는 불안과 초조라고 합니다. 물론 잘못된 습관이나 버릇이 만들어낸 예도 있지만, 대개는 살아가기 위해 만들어지거나 필요 때문에 만들어진 중독들이 많습니다. 몇 개의 직업을 가져야만 먹고 살 수 있는 사회구조 탓이기도 하지만, 그로 인해서 발생하는 정신적 육체적 질병 또한 간과할 수 없는 현실이 되었습니다.

숨 가쁘게 돌아가는 일상에서 잠깐의 멈춤은 나를 살리는 중요한 시간이 됩니다. 멈추면 큰일 날 것 같은 일을 내려놓으면 호흡이 편안해지면서 나 자신이 보입니다. 일에 파묻히고 세상에 끌려다니느라 보이지 않던 자신을 잠깐의 멈춤과 호흡으로 발견하게 되는 것입니다.

내가 없으면 안 될 것 같고 내가 하지 않으면 끝장날 것 같은 세상은 내가 없어도 끄떡없습니다. 내가 멈춘다고 끝장날 세상이라면 애당초 존재하지도 않았습니다.

세상은 내가 있으므로
존재하는 것이고
내가 세상의 존재 이유가 되어야 합니다.

판단을 멈춥니다

삶은 선택과 판단의 연속이라고 할 수 있습니다.

판단은 어떤 대상에 대하여 무슨 일인가를 단정하는 사유 작용을 말합니다. 옳고 그름이나 좋고 나쁨을 헤아리는 것입니다. 예를 들면, 오늘 아침에 밥 대신 빵을 먹으려고 하는데, 밥과 빵 중 어느 것이 더 몸에 좋고 영양가가 많은지 판단해야 합니다. 또 이번 기획안의 컨셉은 둘 중 무엇으로 정할지, 이 컨셉의 장점은 무엇이고 단점은 무엇인지 끊임없이 판단해야 합니다. 연애하는 사람들 역시 상대의 좋은 점과 나쁜 점은 무엇인지 파악해서 계속 만날 것인지 아니면 헤어져야 할 것인지 판단해야 합니다.

판단은 이처럼 논리적 사고가 끊임없이 뒤따르기 때문에 단순하지가 않습니다. 설령 논리적 사고로 판단했더라도 그 판단이 정확했는지 틀렸는지에 따르는 책임감에서 벗어날 수 없습니다.

그래서 우리는 어떤 판단 앞에 놓이면
늘 불안하고 초조할 수밖에 없습니다.

그러나 선택은 여럿 가운데서 필요한 하나를 고르는 일이라 판단보다는 덜 논리적이라고 할 수 있습니다. 자장면을 먹을 것인지 짬뽕을 먹을 것인지 선택하라면 복잡한 논리를 적용하지 않습니다. 순간적으로 발동한 식욕이나 습관적인 선택을 할 것입니다. 그래도 우리는 삶이라는 불안전한 시간 속에서 매 순간 선택과 판단을 하느라 지쳐 살아갑니다.

누군가가 나를 대신해 모든 걸 해결해 준다면 선택할 일도 없고, 판단하느라 사고하지 않아도 될 것입니다. 하지만 생각하는 존재인 사람으로서는 이 또한 견딜 수 없는 모욕이라 스스로 생각하고 스스로 행동해야 삶의 의미를 찾을 수 있습니다.

중요한 것은 일상생활에서 일어나는 좋고 나쁨의 판단이 마음을 약화해 심신을 병들게 한다는 것입니다. "나는 못 해", "나는 안 돼" 같은 부정적 판단이 상실감을 만들고 방황하게 만듭니다. 논리적 판단 역시 너무 많은 생각과 감정에 휩싸여 살다 보니 생기는 현상이라고 할 수 있습니다. 이타에 대한 판단과 속단을 버려야만 비로소 올바른 생각이 자릴 잡는다고 합니다.

판단하지 말고 사물을 있는 그대로 바라보면
마음이 편안해지면서 쓸데없는 에너지도 소비되지 않습니다.
판단을 멈추는 순간 마음이 평정해지면서
주변에 대한 감사함이 생깁니다.

돈도 있고 사회적 지위도 높은 한 친구는 늘 불만에 차 있습니다. 그는 친구들을 만날 때마다 세상 이야기를 혼자 떠듭니다. 정치는 이 래서 잘못됐고 사회는 이래서 잘못됐다며 자기주장을 펼칩니다.

남들이 보기에 그 친구는 남부러울 것 없는 삶을 사는 것 같은데, 친구 중에서 가장 불평불만이 많은 사람입니다. 무슨 일이든지 자신 의 논리에 근거하여 판단하고 주장하기 때문입니다. 우리는 점점 그 친구를 불편하게 생각하기 시작했습니다. 친구를 만나면 반갑고 유쾌 한 것이 아니라 스트레스를 받기 때문이었습니다.

삶을 영위하는 데 있어 판단은 아주 중요합니다.
그러나 판단은 자신을 챙기기 위한 논리가 아니라
이타를 위해 해야 할 경우가 더 많습니다.

내 마음을 챙기기 위해서는 잠시 판단을 멈추고 있는 그대로를 바 라봐야 합니다.

비교와 경쟁심을
멈춥니다

필자도 한때는 실적이라는 말을 자주 입에 올렸습니다.

경영자라는 명분으로 직원들을 다그칠 때마다 항상 분기별 실적을 논하며 위기를 강조했습니다. 자연스럽게 팀별로 실적을 비교하고 그에 따른 성과를 분석하는 것이 기업 경영자의 책임이라고 생각했습니다. 기업이 많은 이윤을 얻어야 지속해서 성장할 수 있고 직원들과 국가 경제에 이바지한다는 생각이었습니다.

기업 경영자의 그러한 신념은 사실 지금도 마찬가지입니다. 기업 환경이 이전하고는 많이 변했지만, 기업의 기본적인 가치와 경영자의 이념은 크게 달라지지 않았다고 생각합니다.

그러나 지금 생각해 보면 비교와 경쟁이 기업 성장에는 도움이 되었겠지만 잃은 것도 많았다는 생각이 듭니다. 필자는 한시도 마음 편한 적이 없었습니다. 동종 업종과의 경쟁에서 살아남아야 하고, 세계 경제라는 파고에 시달려야 하다 보니 늘 대책을 세워야 했습니다. 경

쟁에서 우위를 차지하려면 쉬지 않고 분기별 실적을 비교하고 분석해서 생산에 반영하는 것이었습니다.

그런 날들이 일상화된 삶을 오랫동안 살다 보니 나라는 사람은 없고 어느 기업 경영자 또는 회장이라는 직책이 날 옥죄고 있었습니다. 나라는 자연인은 집에서조차 되찾기 어려웠습니다.

그러다 어느 순간, 스스로 반문하지 않을 수 없었습니다.
나는 누구이고 무엇을 좋아하며
무엇을 위해서 이토록 열심히 살아가고 있는가?

"세상이 나를 이렇게 만든 거야"라고 변명하기에는 인생이 너무 짧았고, 세상이 아닌 나를 위해 살아가야 한다는 절박함이 느껴졌습니다. 나라는 존재는 비교 불가한 존재입니다. 옆에 있는 누군가와 자신을 비교하고 부족함에 경쟁심을 느낀다면 자신을 부인하는 것이나 마찬가지입니다.

경쟁심은 자기를 과시하고 싶은 욕망으로 부정적인 행동을 유발하기 쉽습니다. 그러한 욕망은 멈출 수 없는 기차와도 같아서 커질수록 건강은 물론 행복에 대한 만족도가 매우 낮습니다.

마음공부를 시작한 것도 성공한 경영자보다 나를 알고 나를 챙길 줄 아는 진정한 행복을 얻고 싶었기 때문입니다. 삶은 경쟁이라는 속도로 따라잡아야 승리하고 성공하는 것이 아니라 자신을 가장 사랑하는 마음으로 돌아가야만 진정한 행복을 가질 수 있다는 걸 깨달았습니다.

지금 이 시각 누군가를 이기지 못해서, 또 누군가보다 잘나지 못해서 고통받고 있다면, 잠시 창문을 열고 가만히 두 눈을 감으십시오. 내가 진짜 원하는 것이 누구 보다 잘나고 싶은 것인지.

당신은 분명히 말할 것입니다.
"나는 나야, 나는 그냥 나대로 살 거야."

흔들리지 않는 믿음을 가집니다

미래는 항상 불확실해서 불안합니다.

세상의 변화가 하도 빠르고 변화무쌍해서 아무리 계획을 철저하게 세우고 준비해도 그 가속도를 따라잡기가 어렵습니다. 그래도 우리는 희망을 이야기하고 만일을 대비하지 않을 수 없습니다.

우리 인생에는 그래서 if라는 말이 들어가 있습니다.

Life라고 말하는 인생에서 L과 e를 빼면 if만 남게 됩니다. 만일과 만약으로 가득 채워져 있는 것이 인생이라는 뜻이겠지만, 그래도 삶에 대한 기대와 희망을 품어야만 살 수 있는 것이 인생이라는 생각입니다.

불안정하고 불확실한 인생을 흔들리지 않고 살아가기 위해서는 자신만의 기준과 철학이 필요합니다. 삶의 방향감각을 잃지 않기 위해

서라도 자신에 대한 믿음을 가지고 목표 지점을 향해 나아갈 수밖에 없습니다. if를 불확실이 아니라 희망으로 또는 가능성으로 바꾸면 미래에 대한 불안감이 흔들리지 않는 믿음이 될 것입니다.

나를 느끼기 위해
집중합니다

마음을 챙기는 첫 번째 할 일은
잠시 하던 일을 멈추는 것입니다.
다음에는 생각의 흐름을 멈추고 자신을 느끼는 단계입니다.

명상의 기본 자세를 취했으니 이제는 나로 돌아가기 위한 준비를 해야 합니다. 나라는 존재가 생각할 틈도 없이 살아온 사람이라면 매우 어려운 시간이 될 수도 있습니다. 지금까지 살아온 무수한 내가 있는데 진짜 나를 찾으라니, 이게 무슨 말인지 이해하기 힘들 것입니다.

그러나 본래의 나는 지금의 나와 많은 차이와 다름을 가지고 있습니다. 나를 느낀다는 것은 나에게 집중함으로써 내 몸과 마음이 가지고 있는, 또는 표현하고 있는 신호를 느끼는 것입니다. 물리적 처방에 의지해 살아온 몸과 마음의 정체를 제대로 느껴보아야 내가 원하는 것이 무엇인지 정확하게 알 수 있습니다.

　나에게 집중하는 것은 몸을 통한 감정과 감각을 통한 느낌을 수련하는 단계라고 할 수 있습니다. 머리가 아프면 두통약을 사 먹고 잠이 안 오면 수면제 처방을 받아 잠을 자기 일쑤입니다. 외로움이 느껴지면 일을 더 열심히 해 잊으려 하고 그리움이나 보고 싶은 마음들도 떨쳐내려 자신을 속입니다.

> 내 몸과 내 마음이 무엇을 원하는지
> 끝까지 들여다보려 집중하기보다는
> 다른 마음과 행동으로 덮어버리는 경우가 많습니다.

　그러한 습관과 길들임으로써 몸과 마음은 조금씩 본래의 자신에게서 멀어지거나 전혀 다른 모습으로 살아가고 있는 것입니다. 그러나 우리 몸은 매우 정직합니다. 덮어졌거나 무감각하다고 느낀 감정이나 통증이 쌓이다 보면 어느 순간 마음의 병이나 몸의 병을 만들어냅니다. 자신이 정말로 원하는 것이 무엇인지 집중하고 알아채지 못한 원인이 드러나는 것입니다.

　명상의 행위는 단순해 보이지만 심신의 안정과 긍정적인 마음을 북돋아 줍니다. 건강한 체력을 유지하는 데 필요한 근육을 단련하듯 마음에도 튼튼한 근육이 필요합니다. 참고 견디며 살아가는 것만이 최선이 아님을 긍정적으로 받아들여야 합니다.

슬픔을 발끝으로
내려보냅니다

나를 느끼기 위해서는 어떻게 해야 할까요?

필자도 그랬지만 나를 느낀다는 말의 의미는 그냥 자신에게 집중하라는 뜻입니다. 감각을 느끼기 이전에 우선 집중과 몰입에 빠져야 감정을 컨트롤 할 수 있습니다.

필자의 경험으로 이 역시 집중하는 훈련이 필요합니다. 무조건 가부좌를 틀고 앉는다고 정신이 집중되는 것은 아닙니다. 마음이 고요해지는 순간이 올 때까지 기다리는 시간이 필요합니다.

정신적 고통의 감정 중 슬픔은 억울한 정서를 말합니다. 슬픔에 빠지면 무력해지고 허무해지는 부정적인 감정을 만들어냅니다. 슬픔이 시시때때로 찾아온다는 말은 그래서 대단한 위험을 내포하고 있습니다. 슬픔에 빠져있으면 현실적 희망이나 욕구 따위조차 허무해져 자신을 극단으로 내모는 예도 있습니다.

그렇다면 슬픔에서 벗어나는 방법은 없을까?

정신과 의사인 로베르토 아싸지올라(Roberto Assagioli)는 자아 초월 심리치료자입니다. 그는 자아 초월이라는, 심리학에 기초한 명상을 치료의 한 방법으로 삼았습니다. 그는 성격 구조에 대한 이론을 펼치면서 상부 무의식과 하부 무의식이라는 무의식의 영역이 있다고 주장했습니다. 그 상부 무의식에는 심미적, 윤리적, 영성적 요소들이 있으며, 최상층부에는 그보다 높은 자아(higher-self)가 있다고 합니다.
명상을 통해서 자신의 깊은 내면으로 들어가 자신의 맑은 영성과 만나면 보다 높은 자아를 확인할 수 있다고 합니다.

분노와 슬픔 같은 감정들이 밀려와 괴롭다면 잠시 하던 일을 멈추고 가부좌 자세로 앉습니다. 그리고 내 호흡에 집중합니다. 단단하게 자리 잡고 있던 슬픔이라는 감정을 호흡을 통해서 부드럽게 만듭니다. 슬픔과의 대면을 두려워하지 말고 발끝으로 내려갈 수 있도록 가슴을 활짝 열어줍니다.

호흡을 느끼면서 천천히
가슴에 쌓인 슬픔을 발끝으로 내려보냅니다.

머릿속에 가득 차 있던 어둡고 무거운 슬픔을
호흡 한 번에 한 단계씩, 조금씩 조금씩 끌어내립니다.
충분한 시간을 가지고 슬픔을 떠나보냅니다.

내 삶을 짓누르고 있던 슬픔을 충분히 애도한 다음 고통에서 해방
되려면 기꺼이 떠나보내야 합니다. 몸이 가벼워지는 게 느껴질 겁니
다. 이제 슬픔이 떠나간 자리에는 고요함이 나를 감쌀 것입니다.

슬픔은 과거가 되어야 합니다. 상실감으로 가득 찼던 마음은 부드
럽고 평화로워질 것이며 긍정의 에너지로 채워질 것입니다.

행복을 가슴으로 느낍니다

나에게 집중하는 다음 순서는 행복을 느끼는 것입니다.

우리는 행복의 조건을 아주 많이 필요로 합니다. 돈이 많아야 하고, 좋은 차를 타야 하고, 높은 자리에 올라야 하고, 좋은 집에 살고, 원하는 것은 무엇이든 다 살 수 있어야 행복할 수 있다고 생각합니다. 법륜 스님 말마따나 그렇게 모든 걸 다 가지면 행복할 것 같지만 그러한 조건을 들먹이는 사람은 절대 행복해질 수 없습니다.

내 친구들과 가족들도 가끔 내게 그런 말을 합니다.

"당신은 아무런 부족함이 없는데 그 먼 강원도 산골까지 가서 매일 노동을 해?"

나는 무엇이 부족해서 더 가지려고 노동을 하는 것은 아닙니다. 꽃과 나무를 심고 가꾸는 일이 행복하므로 하는 것입니다. 내가 노동을 통해서 느끼는 행복감이 최고의 위안이자 명상이라는 사실을 깨달았기 때문입니다.

아무리 노력해도 가질 수 없는 것들에 대한 욕구로 지금 행복하지 못하다면, 또는 모든 걸 다 가진 것 같은데 행복을 느끼지 못한다면, 지금까지 내가 아닌 다른 욕망으로 살아왔기 때문일 것입니다.

가만히 나에게 집중해보십시오. 진짜 내가 원하는 것이 무엇인지, 무엇이 가장 중요한 것인지 내면을 들여다보면 진짜 나다운 것이 보일 것입니다.

> 어쩌면 너무 많은 것을 원하고
> 너무 많은 것들이 가리고 있어서
> 행복을 발견하지 못하고
> 느끼지 못했던 것일 수도 있습니다.

플라톤은 다섯 가지 행복의 조건에 대해 말했습니다. 첫째는, 재산은 먹고살기에 조금 부족해야 한다고 말합니다. 둘째는, 모든 사람이 칭찬하기에 조금 부족한 외모를 가져야 자만심에서 벗어날 수 있다고 합니다. 셋째는, 명예는 자신이 생각하는 절반 정도만 가져야 거만해지지 않는다고 합니다. 넷째는, 다른 사람과 힘겨루기를 했을 때, 한 사람에게는 이기지만 두 사람에게는 이기지 못할 정도의 힘을 가져야

힘자랑하는 사고를 치지 않는다고 합니다.

　다섯째는, 강연을 할 때는 듣는 청중의 절반 정도만 박수를 보낼 정도의 말솜씨를 가져야만 자기 우월감이나 기만에 빠지지 않는다고 합니다.

　결국, 행복이란 너무 많은 것을 갖는 것에 대해 경계하라고 충고합니다. 많은 재산과 명예, 수려한 외모와 체력, 말솜씨가 행복의 충분조건이 아니라는 뜻입니다.

　행복이란 어떤 조건이 아니라 습관입니다.

　빈손으로 하는 명상을 통해서 행복을 느끼는 것 역시 행복해지는 좋은 습관이라고 할 수 있습니다.

온전한 나를 느낍니다

우리 몸은 생각의 의지에 따라 닫히고 열리기를 반복합니다.

나의 감정과 상관없이 말하고 대답하는 것에 길들여지다 보면 본래의 나와 다른 사람이 되어 있습니다. 슬프지 않은 척 살아가고, 두렵지 않은 척 행동하고, 언제나 즐거운 척 말하는 나는, 진짜의 모습이 아닐 수 있습니다.

위빠사나 명상에서는 대상과 분리하여 지켜봄으로써 대상의 본질을 파악할 수 있다고 합니다. 그 어떤 것도 고정불변하지 않는 것은 없습니다. 내가 아무리 몸부림치며 고통스러워해도 실제로는 어떠한 조건에 의해서 일어나고 사라지기 때문에 받아들일 수밖에 없다고 합니다. 괴롭거나 힘들어하는 나는 실제의 내가 아닐 수도 있다는 즉 대상과 하나 되지 말고 분리해 생각해야 한다는 뜻입니다.

내 마음을 챙기는 명상 중에서 가장 중요한 것은 온전한 나를 그대로 느끼는 것입니다. 나를 둘러싸고 있는 것들로부터 해방되어 나라는 본질과 대면하여 느끼는 것입니다. 그러려면 나의 몸의 감각과 마음의 감각이 열려야 합니다.

온전한 나를 느낀다는 것은
진정한 내 마음이 무엇인지 실체를 보는 것입니다.

지금 내 몸과 마음이 내는 소리에 집중합니다. 내가 얼마나 외로운지 알아채는 것이고, 얼마나 슬픈지 느끼는 것입니다. 나를 둘러싸고 있는 모든 것들을 차단하고 오로지 나에게만 집중할 때, 내 몸의 모든 세포가 나를 느끼도록 문을 열어 소리 낼 것입니다.

손끝으로
평화를 느낍니다

평화롭다는 말은 행복하다는 뜻이기도 합니다.

평화를 전쟁으로 대체한다면 행복 역시 불행으로 바뀔 수밖에 없습니다. 그래서 우리는 늘 평화를 꿈꾸고 행복을 추구하지만, 물질적 삶이 우선인 현대 사회에서 행복과 평화는 쉽게 가질 수 없는 파랑새 같기도 합니다.

욕망이 만들어내는 물질적 풍요로는 마음의 평화를 찾을 수 없다는 걸 알면서도 우리는 길든 욕망을 포기하거나 조절하지 못합니다. 도덕적 가치가 사회적 욕망보다 약하기 때문에 생기는 갈등과 불안이 마음의 평화를 만들지 못하는 가장 큰 요인이라고 할 수 있습니다.

공자는 어떠한 유혹에도 흔들리지 않는 평상심을 유지하라고 했습니다. 맹자는 부귀와 출세에 타협하지 않는 부동의 마음을 중요하게 생각했습니다. 내면의 자유를 얻으려면 외부의 변화에 휘둘리지 않는

마음이 있어야 한다는 뜻입니다. 그것이 욕구와 감정을 억누름으로써 얻을 수 있는 최고의 평화라고 합니다.

허황한 욕심을 갖지 않으면 마음에 불안이나 갈등이 없어 균형과 평정심을 유지할 수 있습니다. 그래서 평화는 손끝에서 온다고 했습니다.

잡을 수 없고 가질 수 없는
또 탐내지 말아야 할 것들로부터 자유로워지는 순간,
평화는 손끝에서부터 시작됩니다.

욕심이 올라오고 갈등이 생길 때마다 두 손을 무릎 위에 펼쳐놓고 집중해 보십시오. 내가 성취해야 할 것들의 궁극적 목표가 무엇인지, 삼라만상 속 내 존재는 무엇인지, 소멸하는 것들의 연속인 자연의 질서 앞에서 나의 가치는 무엇인지 따지는 것조차 무의미해지는 순간이 올 것입니다. 손끝에 스치는 바람을 느끼는 순간입니다. 그 순간 마음의 평화를 느낄 것입니다.

필자는 로미지안 가든에 있는 '홀로 바위'에 자주 찾아갑니다. 마음이 시끄럽거나 산만해질 때마다 발길이 자연스럽게 그곳으로 향해집니다.

'홀로 바위'에 서면 유유히 흐르는 송천과 골지천, 오대천이 평화롭게 펼쳐진 맞은편 남평들과 산들이 보입니다. 자연과 마주하는 순간 시끄러웠던 머릿속이 저절로 비워지면서 가슴이 열리고 한없이 따스한 평화로움이 나를 감싸는 걸 느낄 수 있습니다.

벗어날 수 없는 현실에서 잠깐이라도 마음의 평화를 찾는 일은 매우 중요합니다. 쌓인 스트레스에서 벗어날 수 있고 나약해진 마음을 위로할 수 있기 때문입니다. 마음의 평화를 찾는 일은 나를 지키는 최고의 명상이라고 할 수 있습니다.

나를
안아줍니다

세상에서 나를 가장 사랑하는 사람은 나 자신입니다.

부모와 형제 친구들도 물론 나를 사랑하지만 나 자신만큼은 아닙니다. 자기애가 지나쳐도 문제지만 자신에 대한 사랑을 외부에서만 찾으려는 것도 문제입니다.

나보다 더 나를 잘 아는 사람은 없습니다.

그래서 힘들거나 괴로울 때 누군가에게 말합니다.

"나 좀 위로해줘", "나에게 용기를 줘", "나를 사랑한다고 말해줘"

그러나 나에게 위로와 용기, 사랑을 말해줄 누군가가 없다면 나는 또다시 절망에 빠지게 됩니다. 그럴 때 가장 필요한 사람은 나 자신입니다. 나를 안아주고 위로해주고 사랑한다고 말해줄 사람은 세상에서 나를 가장 사랑하는 나 자신임을 깨달아야 합니다.

　성공한 사람은 다른 사람보다 더 많이 더 오랫동안 노력했다고 말합니다. 당연한 소리입니다. 그러나 다른 친구들보다 더 많이 공부하고 다른 동료들보다 더 열심히 일한다고, 다 좋은 대학에 갈 수 있고 빨리 승진할 수 있는 것은 아닙니다. 사회 구조상 노력과 능력이 성공을 보장하고 비례하기는 어렵기 때문입니다.

　누군가는 자신의 능력 이상으로 잘살고 또 누군가는 출중한 능력에도 가난에서 벗어나지 못하는 사람이 있습니다. 다른 친구보다 좋지 않은 대학에 간 사람은 자신이 못나서 그렇다고 생각해 늘 주눅이 들어있거나 매사 자신감이 없는 경우도 많습니다. 단지 공부를 조금 못했을 뿐인데, 아무것도 할 줄 모른다는 열등감에서 쉽게 벗어나지 못하기도 합니다.

직장생활에서도 동료보다 승진이 늦어졌다거나 성과를 내지 못했다는 열등감에 빠져 기죽어 지내는 사람도 있습니다. 자신은 아주 쓸모없는 사람인 것처럼 자신을 비하하거나 바람직하지 못한 방법으로 자신을 학대하는 사람입니다. 그야말로 바보 같은 짓입니다.

공평해 보이는 그 어떤 기준과 잣대를 들이대도 모순이 있을 수밖에 없는 것이 삶입니다.

각자 출발과 목적지가 다른데 스스로 섣부른 판단을 내려
자신의 인생을 우울하게 살 필요는 없습니다.

나를 바라봅니다

나를 알아채는 것이
나를 지키는 힘

이제는 자신을 바라보는 일에 집중합니다.

거울에 비친 나는 형상일 뿐입니다. 진짜 내 모습이 무엇인지는 내면을 들여다봐야 알 수 있습니다. 환하게 웃고 있거나 잔뜩 찌푸리고 있는 모습도 내 형상이긴 하지만 '보이는 것이 진짜 내 모습일까?' 한번쯤 생각해봐야 합니다.

사람들은 누군가에 대해 험담할 때 보통 이렇게 말합니다.

"저 사람 진짜 모습이 뭐야? 어쩜 저렇게 겉과 속이 다르지?"

겉과 속이 같은 사람은 없습니다. 태어나 성장해서 나이가 들기까지 모습도 달라지고 사회적 호칭과 인격 성품까지 좋은 쪽이든 나쁜 쪽이든 바뀌고 변하게 됩니다. 어느 날 문득 거울에 비친 자신을 보며 세월을 깨닫기도 하지만 달라진 세상의 변화를 더 크게 실감합니다.

　어떤 게 진짜 내 모습인지 몰라서 당황하기도 하고, 내가 왜 이렇게 변했는지 실망하기도 합니다. 앞으로만 달리느라 내 모습이 어떻게 변해가고 있는지 깨닫지 못하고 살았던 것입니다.

　누군가가 등 뒤에서 수군거리지 않더라도, 내가 누구인지 나는 어떤 사람인지 스스로에게 질문해 봐야 합니다.

세상의 변화를 먼저 깨닫기보다
나 자신이 어떻게 변해가고 있는지 알아채는 것이야말로
나를 지키는 큰 힘입니다.

부자가
되고 싶습니다

누구나 부자가 되고 싶습니다.

부자는 곧 돈이 많다는 뜻이고 자본주의 사회에서 돈의 역할은 자유롭고 편안한 삶을 보장해주기 때문입니다. 나도 한때는 성공의 목표가 부자가 되는 것이었습니다. 돈만 있으면 원하는 것들과 필요한 모든 것들을 가질 수 있다는 목표가, 현대인들을 지배하는 가장 큰 의식이 되었습니다.

젊은이들조차 빨리 돈을 벌고 싶어 합니다. 꿈이라는 낭만적인 목표를 가지고 멀리 그리고 천천히 이루려고 하는 것이 아니라, 되도록 빨리 수단과 방법을 가리지 않고 돈을 벌어야 한다고 생각합니다.

하지만 돈을 벌고자 하는 목적에는 반드시 돈에 대한 분명한 가치관이 있어야 불행해지지 않습니다. 돈의 가치란 돈을 쓰고자 하는 사람의 정당하고 합당한 논리가 바탕이 되어야만, 가치와 보람을 느끼게 합니다.

　비싼 집에서 살고 비싼 자동차를 타며 고가의 옷을 걸치고 있는데
도 자신이 초라하게 느껴진다면, 늘 뭔가 부족한 거 같아서 허기가 진
다면, 부자가 아니라 무척 가난한 사람입니다. 그러니 부자가 되고 싶
으면 자신에게 진짜 필요한 것이 무엇인지 바라보아야 합니다.

힘 있는 사람이 되고 싶습니다

진짜 권력자는 권력을 가진 사람들을 부러워하지 않는 사람이라고 합니다.

"그럴 리가요?" 라며 되묻거나 권력을 갖지 못한 사람들이 하는 질투라고 생각할 수도 있습니다. 부러우면 지는 세상이라고 말하니 그럴 수도 있습니다. 돈이 많아도 힘 있는 사람이 되려면 권력이 필요합니다. 예부터 돈으로 벼슬을 사는 사람들이 있었고 지금도 정치 권력을 잡으려면 돈이 필요합니다. 힘 있는 사람들 곁에는 언제나 돈 있는 사람들이 모인다는 말도 그래서 나온 것입니다.

그러나 우리가 가지고 싶어 하는 힘의 정의는 남을 자기 뜻대로 움직이거나 지배할 수 있다는 뜻이 아닙니다. 힘 있는 사람이란 타인을 강제할 수 있는 권력이 아니라 나 자신을 옳고 정의로운 쪽으로 통제할 수 있는 능력을 말합니다.

부처가 말했습니다.

"하늘 세계나 인간 세계도 행복의 힘보다 더 뛰어난 것은 없다."

세상의 여러 가지 힘 중에서 행복의 힘이 가장 훌륭하고 가장 세다는 뜻입니다.

맛있는 음식을 먹고 싶습니다

식욕은 인간의 기본적인 욕구입니다.

그러나 욕구가 욕망으로 변하는 순간 식욕은 더 이상 배고픔을 채우기 위한 음식이 아니라 자신의 결핍을 채우기 위한 수단이 됩니다. 먹고 마시는 행위가 사회활동의 필요조건으로 바뀌면서 먹거리는 더 화려해지고 더 풍요로워졌습니다.

'맛집'과 '멋집'이라는 말이 유행할 정도로 음식은 이제 끼니가 아니라 유행과 소비를 좇는 먹방이라는 문화가 되었습니다. 그러나 더 맛있고 더 푸짐하고 더 영양가 높은 음식들에 길들여진 몸은 더 건강해지는 것이 아니라 더 많은 부작용을 만듭니다. 과식으로 인한 위장 장애와 비만입니다. 너무 많이 먹어 생긴 질병은 정신을 흩트리고 몸의 균형을 깨뜨립니다.

명상 중에서 단식 명상이 있습니다. 다시 채우기 위해서 깨끗이 비우는 행위입니다. 식욕에 시달린 몸을 깨끗이 비워냄으로써 몸과 마음이 맑아지는 체험입니다.

지금 느껴지는 식욕은 배가 고픈 것이 아니라 내 안의 다른 허기가 만들어내는 가짜 식욕일 수 있습니다. 형상에 혹하여 발동한 식욕이나 어떤 결핍이 만들어낸 식욕은 내 몸을 살리는 것이 아니라 죽이는 것입니다.

나를 살리는 진짜 식욕은 무엇인지 잠시 눈을 감고 생각해봅니다. 텔레비전 화면을 가득 채우고 있는 음식이 나를 사로잡은 것이라면,

나는 배가 고픈 것이 아니라
나는 마음이 고픈 것입니다.

좋은 인연을
만나고 싶습니다

혜민 스님은 사람과의 인연에 대해 이렇게 말합니다.

"될 인연은 그렇게 힘들게 몸부림치지 않아도 이루어집니다. 너무 힘들게 하는 인연은 그냥 놓아주어야 합니다."

좋은 인연을 만나는 것은 대단한 축복입니다. 그러나 자신의 노력 없이 좋은 인연을 만나기는 어렵습니다. 또 좋은 인연을 만났다고 해도 그 소중함을 깨닫지 못하면 악연이 될 수도 있습니다. 살아가는 동안 우리는 아주 많은 인연을 만나고 헤어집니다. 필자 역시 지금까지 숱한 인간관계를 맺어왔습니다. 일 때문에 만난 사람도 있고 사회에서 만난 친구도 있습니다. 잠시 잠깐 만났다가 헤어진 사람들도 있고, 지금까지 인연을 이어오고 있는 소중한 사람들도 많습니다. 그 많은 인연을 모두 기억할 수는 없지만 그래도 지나고 보니 나쁜 인연도 없고 좋은 인연도 없다는 생각이 듭니다. 잠시 스쳐간 인연도 필요와 원인이 있어 만났을 것이니 좋고 나쁨으로 평가하는 것은 어리석은 일일 것입니다.

좋은 인연을 만나 행복해지고 싶다면
자신이 먼저 누군가의
좋은 사람이 되어야 할 것입니다.

특히 남녀 간의 인연은 인생의 행복을 결정하는 중요한 문제이기 때문에 사랑도 현명하게 해야 합니다. 혜민 스님의 말씀처럼 인연은 집착해서 붙들 수 있는 것이 아닙니다. 그렇다고 운명에 맡겨서도 안 됩니다. 모든 관계가 그렇지만 남녀 사이의 거리는 지나치게 가까워도 힘들고 너무 멀어도 불안합니다. 서로에 대한 믿음으로 적당한 거리를 유지하며 바라보는 것이 좋습니다.

놀고만 싶습니다

기생충이라는 영화를 보면 "무계획이 계획"이라는 말이 나옵니다.

성공할 수 없는 계획을 미리 세우기보다 그때그때 닥쳐서 해결하겠다는 뜻인 거 같습니다.

세상의 변화로 무언가를 계획하고 설계한다는 게 쉬운 일은 아닙니다. 비정규직으로 살아가는 젊은이들이 많다 보니 영화 대사가 현실을 반영하는 것 같아 씁쓸해집니다.

그렇다고 그러한 현실만 탓하면서 시간을 허비하기에 인생은 너무 짧습니다. 세상을 탓하기보다는 자신한테 집중하는 시간이 필요합니다. 잠깐의 휴식은 삶에 활력을 주지만 긴 휴식은 삶을 무기력하게 만듭니다. 자신을 사랑하는 사람은 결코 무계획한 인생을 살지 않으며 일과 휴식을 조화롭게 꾸려나갑니다. 그래서 놀고만 싶다는 말은 어쩌면 열심히 일하고 싶다는 말일 수도 있습니다.

진정한 휴식이 필요하다면
열정을 다할 일을 찾아야 합니다.
그 계획에 휴식도 있습니다.

사랑받고 싶습니다

사랑받고 싶은 욕구는 누구나 다 있습니다.

사랑은 기쁨과 행복의 동의어라 기독교적 표현으로 말하면, 우리는 모두 사랑받기 위해서 태어난 존재라는 말이 맞습니다. 태어나는 순간부터 사랑받고 사랑하지 않으면 살아갈 수 없는 생명체입니다. 그래서 괴테는 "사랑하는 것이 인생이다. 기쁨이 있는 곳에, 사람과 사랑 사이의 결합이 있는 곳에, 기쁨이 있다"라고 했습니다.

20세기 여성 패션의 혁신을 선도한 프랑스 패션디자이너 코코 샤넬은 일할 시간과 사랑할 시간 이외 나머지 시간은 낭비라고 했을 만큼 정열적으로 일과 사랑을 추구했습니다.

사랑에 대한 넘치는 역설 중 가장 보편적 가치는 받는 사랑보다 주는 사랑에 더 무게를 둡니다. 그것은 사랑을 줄 때만이 간직할 수 있고 주지 않을 때는 떠나버리기 때문입니다. 그러나 뜨겁고 지독한 사랑일수록 상처가 크다는 사실도 알아야 합니다.

사랑의 무게를 감당하는 자만이

그 열매를 취할 수 있습니다.

경쟁에서
이기고 싶습니다

치열한 경쟁에서 이기려면 어떻게 해야 합니까?

이런 질문을 자주 받습니다. 아마 필자가 성공한 사업가로 보이기 때문에 그러한 질문을 하는 것 같습니다.

필자가 물론 실패한 사업가는 아닙니다. 그렇다고 성공한 사업가라고 단정 지을 수도 없습니다. 잘 나가다가도 하루아침에 무너지는 기업도 있고 나락까지 떨어지다가도 기사회생하는 기업들이 있으므로, 기업의 성공 여부는 사실 위기에 대처하는 능력에 있다고 해야 맞을 것입니다.

개인도 마찬가지입니다. 치열한 경쟁에서 이기고 싶고 잘나고 싶다면 그만한 능력과 자격을 갖추어야 합니다. 단지 이기고 싶고 살아남고 싶다는 욕망만으로는 그 어떤 것과도 대적할 수 없습니다. 자신만의 비장의 무기를 가지고 있을 때만 준비된 자의 기회를 얻을 수 있습니다.

    살아가는 일 자체가 세상과의 대면이고 경쟁하는 일입니다. 당장 이기고 지는 문제는 사실 별 의미가 없다는 생각입니다. 내일의 문제를 오늘 단정할 수 없는 것은 세상의 변화 때문이기도 하지만 자신의 능력과 의지의 문제이기도 하기 때문입니다.

경쟁에서 살아남고 싶고 이기고 싶다면
싸울 능력과 준비가 되어 있는지부터
확인해 봐야 합니다.

나를 격려합니다

내 인생의 정답은
내 안에 있습니다

    힘들 때마다 위로와 응원을 받으면 좋겠지만 세상 사람 모두가 내 편일 수는 없습니다.

    공연히 누군가에게 속을 내보였다가 안 좋은 이미지를 남길 수도 있고 믿고 의지할 수 있을 정도로 가까운 사람이 없을 수도 있습니다. 그럴 때는 자신을 격려하는 것이 가장 바람직합니다. 자신을 격려하고 위로한다는 것은 나를 사랑하는 가장 좋은 방법입니다.

    필자도 한때는 심리적 어려움에 부닥쳤던 적이 있습니다. 그 고통을 친구 또는 가족과 함께 나눌 수도 있었지만, 그들까지 힘들게 하고 싶지 않아서 모든 걸 혼자 해결하려고 했던 것입니다. 심리적 압박으로 나쁜 생각까지 했었지만, 그 위험한 상황으로부터 구원한 것은 결국 나 자신이었습니다.

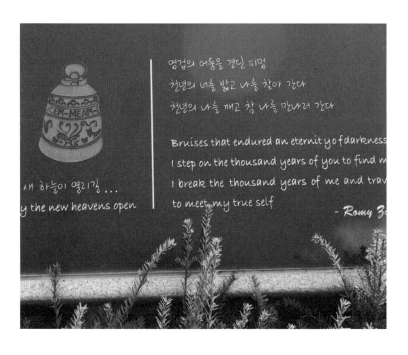

영겁의 어둠을 견딘 피멍
천년의 너를 밟고 나를 찾아 간다
천년의 나를 깨고 참 나를 만나러 간다

Bruises that endured an eternit y of darkness
I step on the thousand years of you to find m
I break the thousand years of me and trav
to meet my true self

- Romy 3

새 하늘이 열리감 ...
y the new heavens open

어느 순간 나는 뜻대로 풀리지 않는 세상을 원망하기 보다 내 존재와 가치가 더 소중하다는 걸 깨달았습니다.

무책임한 세상의 격려와 위로보다
나 자신이 보내는 격려와 응원이 더 큰 힘이
된다는 걸 깨달으며 집으로 돌아왔습니다.

그러니까, 내 인생의 정답은 세상에서 찾는 것이 아니라 내 안에서 찾아내야 합니다.

세상이 위로해주지 않아도 서러워 말고 자신의 어깨를 가만가만 토닥거려 격려합니다. 서운했던 마음에 따뜻한 위로가 될 것입니다.

더는
외롭지 않습니다

스마트폰이 일반화되면서 단절은 예고되었습니다.

온라인 세상에 매력을 느낀 사람들은 직접 만나 이야기를 나누기 보다 온라인 세상에서 소통하며 살아가는 걸 즐깁니다. 스마트폰 하나만 있으면 먹는 것부터 사고 싶은 모든 것을 배달받을 수 있는 세상입니다. 그러다 보니 꼭 필요한 만남이 아니면 굳이 나갈 이유를 찾지 않는 것 같습니다.

하지만 독립과 고립은 다릅니다. 많은 젊은이가 독립은 원하지만, 고립은 두려워한다고 합니다. 자유를 보장하지만, 고립은 외로움을 주기 때문입니다. 자칫 독립적 자유를 핑계로 고립을 자처하고 사는 것은 아닌지 확인해 봐야 합니다.

사회 분위기가 우리보다 닫혀 있는 일본의 경우는 고립을 자처하는 젊은이들이 많아지면서 고립을 심각한 사회적 질병으로 다루고 있습니다. 외로움을 개인의 문제가 아니라 사회와 함께 해결해 나가야 할

문제로 받아들인 것입니다. 개인마다 자발적 고립의 원인이 있겠지만
고립으로 인해 깊어지는 외로움은 스스로 해결하기 어렵습니다.

외로움을 극복하고 더 튼튼한 자아를 갖는 사람도 있지만
즐거운 고독이 아니라면 세상 밖으로 나와야 합니다.
세상에는 나와 같거나 다르지만
공감할 수 있는 따뜻한 사람들이 더 많습니다.

두렵거나
무섭지 않습니다

새벽 공기를 가르며 산에 오르다 보면 문득 그런 마음이 들 때가 있습니다.

나이를 생각해야 하는데 갑자기 쓰러지면 어떡하지, 하는 두려움이 생깁니다. 또 홀로 바위에 앉아 명상하는데 집중이 안 될 때는, 바위가 낭떠러지로 굴러떨어지는 것은 아닌가 하는 두려움이 생깁니다. 회사가 손실이 나서 직원들이 어려움에 부닥치면 어떡하지 하는 두려움과 걱정으로 밤잠을 설칠 때도 있었습니다. 매일 감당하기 힘든 두려움과 마주하며 사는 사람들도 많습니다. 두려움은 어떤 상황에 놓여 있을 때 불쑥 느끼기도 하지만 예견된 문제 앞에서 느끼는 경우가 더 많습니다.

두려움을 극복하는 방법은 자신감입니다. 자신을 믿고 긴장된 몸과 마음을 호흡으로 안정시킵니다. 끊임없는 반복으로 자신에게 주문을 겁니다. "나는 더 이상 두렵지 않다. 나는 더 이상 무섭지 않다. 나는 잘 이겨낼 수 있다" 같은 말을 반복하며 두려움에 저항하다 보면 자신도 모르게 긴장이 풀리는 걸 느낄 수 있습니다.

일종의 자기 최면을 거는 행위이지만 두려움도 현상이 만들어내는 것이라 생각을 바꿀 수 있습니다.

두려움과 맞서려면
불가능한 것을 가능한 것으로 바꿀 수 있다는
자신에 대한 믿음이 가장 중요합니다.

더 이상
슬프지 않습니다

감정 중에서 가장 다스리기 힘든 것이 슬픔이라고 합니다.
특히 이별 후에 찾아오는 슬픔은 빠져나오기가 어렵습니다.
슬픔은 깊은 상실감에서 오기 때문입니다.

슬픔은 우울감을 불러오며 감정의 결핍을 만들어냅니다. 자신만 불행하고 자신만 희망이 없다고 느껴집니다. 모든 일을 부정적으로 해석하며 자신의 감정을 멋대로 표현하려고 합니다.

그럴 때는 가만히 자신을 들여다보는 시간이 필요합니다. 슬픔의 원인이 무엇인지 파악하고 도움을 요청할 상대를 찾아봅니다. 혼자 감당하려고 자신을 가두지 말고 자신을 사랑하는 사람들에게 고백합니다.

"난 더 이상 슬퍼지고 싶지 않아"

법륜스님은 슬픔을 해소하기 위해서는 상실감을 고마운 마음으로 바꿔 놓아주라고 했습니다. 상실감 또한 이기심에서 생긴 것이니 그 마음을 놓아 버리면 슬픔도 사라진다고 합니다.

미국의 어느 도시에서는 장례를 파티하듯 치른다고 합니다. 가장 슬퍼해야 할 장례식을 즐거운 파티로 열어 슬픔을 이겨낸다고 합니다. '블랙 유머'로 슬픔을 이긴다는 것이 매우 생소하고 낯설지만, 그것이 슬픔을 이기는 바람직한 방법이라면 법륜스님의 설법과 다르지 않을 것입니다.

슬픔을 원망하거나 분노하기보다
슬픔을 용서하며 씻어내는 것이
조금이라도 빨리 행복해지는 길입니다.
누군가를 용서하자는 것이 아니라
자신이 행복해지기 위해서
슬픔에서 벗어나는 것입니다.

162

이제는
혼자가 아닙니다

세상에 혼자인 사람은 없습니다.

스스로 고립을 자초하지 않는 이상 우리는 항상 세상과 함께 살아가야 합니다. 가족, 친구, 동료 등과 함께하며 항상 가깝거나 먼 세상 안에서 살아가고 있습니다. 그런데도 사람들은 자주 세상에 자신 혼자뿐이라고 넋두리를 합니다. 자신을 도와줄 사람이 아무도 없다며 세상을 원망합니다. 여전히 세상에 의지해 살면서 마치 혼자 힘으로 살아낸 듯 말을 합니다.

일본에서는 사회생활을 거부하고 방 안에 틀어박혀 지내는 사람을 '히키코모리(引きこもり)'라고 합니다. 일본경제가 침체되던 1990년대 초부터 은둔하는 젊은이들이 늘어나기 시작하면서 사회문제가 되고 있습니다. 경기침체가 만든 실업자들이 짧게는 몇 달에서 몇 년, 또는 몇십 년씩 아무 하는 일 없이 은둔자로 살아 간다고 합니다.

은둔이 길어지면서 만들어진 질병이 또 다른 사회문제로 이어지면서 은둔형 외톨이를 더 간과해서는 안 된다는 사회적 목소리도 커지고 있습니다. 모든 일을 혼자 해결할 수 있다는 자신감도 좋지만, 세상일은 대부분이 혼자가 아닌 여럿이 해야 하는 일들입니다. 함께 소통하고 공감해야만 살아갈 수 있는 세상입니다. 남한테 어려운 부탁을 하기가 싫어서 또는 자존심을 지키기 위해서 세상 뒤로 숨어버리거나 혼자 끙끙거리며 버티는 것은 자신의 문제를 더 부정적으로 만들 뿐입니다.

세상을 향해 먼저 손을 내밀어야 합니다.

외로움을 극복하고 더 튼튼한 자아를 갖는 사람도 있지만
즐거운 고독이 아니라면 세상 밖으로 나와야 합니다.
세상에는 나와 같거나 다르지만
공감할 수 있는 따뜻한 사람들이 더 많습니다.

마음의 문을 열고 먼저 다가가는 순간 혼자가 아님을 알게 될 것입니다. 나와 당신 그리고 우리는 하나의 세상입니다. 나와 다르고도 같은 사람들로 채워져 있는 세상에서 혼자라는 생각은 마음의 문이 닫혀 있다는 증거입니다.

트라우마에서 벗어납니다

겉으로는 아무 일 없는 듯 평온해 보이지만 어떤 트라우마에 시달리느라 힘들게 사는 사람들이 있습니다.

멀쩡해 보이는 삶 속에 감춰져 있던 트라우마가 어느 순간 불쑥불쑥 튀어나와 일상을 망가뜨립니다. 아무리 잊어버리려고 노력해도, 한번 생긴 트라우마로 평생 고통스러운 삶을 살기도 합니다.

트라우마에 시달리는 사람들은 대체로 불면증과 예민함을 보인다고 합니다.

집중력이 떨어지는가 하면 당시의 일들을 다시 경험하는 것처럼 행동하기도 합니다. 심리학자들은 트라우마에서 벗어나려면 그 트라우마 속으로 들어가야 한다고 말합니다. 무의식의 세계로 들어가 트라우마의 실체와 마주하는 것입니다. 내면 깊숙이 자리 잡은 두려움을 몰아내고 당당하게 내 마음의 주인이 됩니다. 모든 것은 무의식이 만들어내는 착각이고 환각이라는 사실을 깨달아야 합니다.

내 심장 소리를
듣습니다

필자는 자주 아내 로미의 심장 소리를 확인합니다.

로미가 편안한 숨을 쉬고 있는지 확인해야만 안심할 수 있습니다. 고요한 밤 로미의 고른 숨소리를 듣고 있으면 살아있음에 환희가 느껴집니다.

심장이 멈추는 순간 생명은 끝이 납니다. 산모의 뱃속에 있는 태아의 우렁찬 심장 소리를 들으면 생명의 경이로움에 가슴이 벅찬 것처럼, 지금 내 심장이 뛰고 있다는 것에 우리는 감사하며 살아야 합니다. 명상에서 호흡을 중요하게 여기는 것 역시 숨 한 번이 생을 좌우하기 때문입니다. 한 번의 들숨과 날숨으로 삶이 이어지고, 한 번의 들숨과 날숨으로 우리는 우주의 기운을 느낄 수가 있고, 생명의 기운을 다스릴 수 있습니다.

가슴에 손을 얹고 가만히 심장 소리를 들어봅니다.

내가 살아있음을 느낍니다.

그리고 호흡합니다.

내 심장이 나를 삶이라는 여행을 계속할 수 있도록

열심히 뛰고 있다는 걸 알게 할 것입니다.

달라진 나를 지켜봅니다

달라지고 있는 자신을 바라봅니다

마음 챙기기는, 하던 일을 잠시 멈추고
자신의 현재 모습에 집중하는 것입니다.

내가 원하는 것이 진정 무엇인지 내면 깊숙이 들여다봄으로써 솔직한 나와 대면합니다. 나는 부자가 되고 싶고, 맛있는 음식을 먹고 싶고, 남들보다 잘나고 싶은 욕망 때문에 엄청난 스트레스와 트라우마에 시달리며 사는 것은 아닌지 내면을 들여다봅니다.

만일 그러한 욕망으로 현재가 몹시 괴롭다면 본래의 내 모습을 되찾고자 노력해야 합니다. 사랑받고 싶고 이기고 싶은 욕망은 세상이 만들어낸 허상에 불과합니다. 세상 것들에 쫓기거나 쫓아가느라 자신이 진정으로 원하는 것이 무엇인지 잊고 산 것입니다.

만일 그러한 단계에 와 있다면, 자신을 격려하고 위로하며 긍정적인 세상과 소통하는 법을 실천해야 합니다. 더 혼자가 아님을 인식하고 두렵고 슬픈 감정들로부터 자신을 지켜내야 합니다. 인간은 철저하게 혼자이면서 혼자서는 살 수 없는 이중적 심리로 살아가야 하는 존재입니다. 그래서 인간은 고독은 피할 수 없지만, 고립은 피할 수 있다고 했습니다.

자신의 상처와 외로움을 발견했다면 얼마든지 극복할 수 있습니다. 명상은 이러한 상처들을 치유하고 극복하기 위해서 자신의 내면에 집중하는 일이고, 본래의 내 모습을 발견하는 일입니다.

자신이 어떤 사람인지 무엇을 원하고 어떻게 살고 싶은지 진정한 나를 만나 내면의 소리에 귀를 기울입니다.

마음 챙기기의 다음 단계는 달라지고 있는 자신을 바라보는 것입니다. 매사 부정적이고 거칠었던 자신의 모습이 어떻게 달라지고 있는지 다시 한번 자신에게 주목합니다. 명상을 통해서 변화되고 있는 몸과 마음 상태를 지켜보며 전보다 훨씬 평화롭고 행복해진 자신을 발견하게 될 것입니다.

눈빛이
평화로워집니다

"전보다 더 건강해 보입니다. 눈빛이 맑아 보입니다."

정선에서 살기 시작하면서 가장 많이 듣는 소리입니다. 그냥 인사 치레로 하는 소리일 수도 있겠지만 필자는 그 말을 믿습니다.

얼굴색과 눈빛은 그 사람의 현재 삶을 반영하기 때문에 거짓일 수 가 없습니다. 마음에 갈등이 없고 자연 속에 파묻혀 사니 안색이 나쁠 리가 없지요. 그래서 눈은 마음의 창이라고 했습니다. 마음이 어둡고 지쳐 있으면 눈빛이 맑을 리 없습니다. 또 환하게 웃는 이의 눈빛은 생기 가득합니다. 말하지 않아도 눈빛만으로 상대의 마음을 읽을 수 있는 것도 우리 내면의 창이 눈빛이기 때문입니다.

부정적인 욕망을 가득 품고 있는 사람의 눈빛은

늘 불안해 보입니다.

상대를 속여야 하고 경쟁에서 이겨야 하고, 욕심을 부려야 하는 사람의 눈빛이 그렇습니다. 햇살 가득한 툇마루에 앉아 졸고 있는 촌로의 풍경을 보면서 우리는 욕심이라는 말을 떠올리지 않습니다.

소박한 밥상 앞에서 환한 미소를 지으며
식사하는 사람의 눈빛에는 행복과 평화가 물결칩니다.

이처럼 어느 순간 거울 앞에선 자신이 환하게 웃고 있다면 불안한 욕망으로부터 조금씩 자유로워지고 있다는 증거입니다.

눈빛을 가만히 들여다보세요.
고요하고 잔잔한 평화가 자신을 휘감을 것입니다.

말투가
순해집니다

말투를 보면 그 사람의 인격과 교양을 어느 정도는 가늠할 수 있습니다.

늘 격양된 소리로 거칠게 말하는 사람은 속삭이듯 나직하게 말하는 사람보다 불리합니다. 사람의 집중력은 큰 소리보다 작은 소리에 더 민감하기 때문입니다.

하지만 그러한 말투도 습관이라 충분히 고칠 수 있습니다. 어떠한 상황에서도 충동적인 행동과 말투는 아무 도움이 되지 못합니다. 누군가를 설득하거나 질타할 때조차 감정을 배제하고 논리적으로 접근하는 것이 좋습니다.

말투 역시 눈빛과 마찬가지로 내면에서 우러나오는 마음 상태를 반영합니다. 마음이 꽉 차 있으면 욕심이 들어오지 못하고, 마음이 비어 있어야 진리가 깃든다는 부처의 말씀대로 사소한 말 한마디조차 함부로 해서는 안 됩니다.

마음을 표현하는 일이
곧 자신의 말이고 소리임을 잊지 말아야 합니다.

산다는 것은 잘 먹고 잘사는 데 있는 것이 아니라 삶을 사는 도리를 깨달아 사람답게 사는 것입니다. 도리는 죽을 때까지 깨닫고 깨달아야 하는 힘든 여정이지만 지금, 이 순간 내뱉는 말 한마디에 누군가를 죽이고 살릴 수 있는 도리가 있음을 알아야 합니다.

걸음걸이가
차분해집니다

마음이 여유로운 사람은 걸음걸이가 느긋합니다.

앞만 보고 걷는 것이 아니라 주변을 둘러보며 콧노래도 부릅니다. 지나가다 그런 사람과 마주치면 공연히 기분이 좋아집니다. 처음 마주친 사람인데 안면이 있는 듯 친근함마저 듭니다. 목적이 있음에도 발걸음이 가볍고 여유로운 모습을 유지하는 사람은 세상을 무척 긍정적으로 바라보는 사람일 것입니다.

반면에 뭔가에 쫓기듯 걷은 사람들의 눈빛은 오로지 앞으로만 향해 있습니다. 주변을 살필 여유가 없어 누군가와 부딪쳐도 알아채지 못합니다. 발걸음이 매우 불안정해서 넘어지거나 다칠 위험이 있다는 것조차 인식하지 못합니다. 늘 그런 모습으로 살아가는 사람들은 세상에 대해 몹시 부정적이고 적대적입니다. 마음의 여유가 조금도 없기 때문일 것입니다.

필자는 자연을 통해서 마음의 위안과 여유를 찾았습니다. 목표와

목적이 중요했던 시절에는 천천히 걷는 것조차 낭비라고 생각했습니다. 시간을 아끼는 것이 가장 성공하는 비즈니스라고 생각해서 그야말로 일 분 일 초를 다투는 생활을 했습니다. 그러나 지나고 보니 그 모든 상황은 마음이 만들어내는 것이었습니다. 오늘 당장 준비해 놓지 않으면 내일 패배할 거라는 조급함이 주변을 돌아보지 못하는 직진형 삶을 살게 했습니다.

요즘은 다릅니다. 걷는 일이 곧 자연과 대면하는 일이라 한 걸음 한 걸음이 더없이 소중합니다. 느리게 걸을수록 더 많은 나무와 꽃들을 볼 수 있습니다. 잠시 멈춰서면 적송에 걸려 있는 바람 소리를 들을 수가 있고, 몸을 조금만 낮추면 키 작은 야생화들의 속삭임을 들을 수 있습니다. 아름다움과 경이로움은 그렇게 몸을 느리게 움직이는 사람에게 더 잘 보이는 모양입니다.

마음에 집중하고 천천히 걸어봅니다. 우리가 가는 최종 목적지가 어디인지 보일 겁니다.

한 걸음 더 빠를 것도 한 걸음 더 느리다고
최종 목적지가 달라지지는 않습니다.
다만 무엇을 보고 느끼며 살아가는지 또 그것들이
얼마나 소중한 것인지 깨닫는 것이 삶의 목적이니까요.

감사하는
마음이 생깁니다

행복은 감사하는 마음에서 생깁니다.

무일푼의 노숙자라도 지금 살아있음에 감사하다고 생각하면 그는 불행하지 않습니다. 남들보다 많은 것을 갖고도 부족하다고 생각하면 그는 결코 행복해질 수 없습니다. 행복과 불행의 차이는 결국 감사하는 마음에 달렸습니다.

스탠리 탠이라는 미국의 실업가가 있었습니다. 그는 성공한 사업가로 명성을 얻었는데, 어느 날 갑자기 척추암에 걸리고 말았습니다. 그가 아플 당시 척추암은 고치기 힘든 병으로 의술이 발전하지 못한 상황이었습니다.

사람들은 그가 곧 죽을 것이라고 예단했습니다. 하지만 몇 달 후 스탠리 탠은 멀쩡한 듯 사람들 앞에 나타났습니다.

사람들이 궁금해서 물었습니다.

"어떻게 병이 나은 것입니까? 무슨 치료를 받은 것입니까?"

그는 웃으면서 말했습니다.
"특별한 치료를 받은 것은 아닙니다. 다만 매 순간 하나님께 감사 기도를 드렸습니다."

"병이 든 것도 감사하고, 곧 죽게 된 것도 감사합니다. 당신께서 죽 으라면 죽고 살려주시면 살겠습니다."

그의 감사 기도가 몸속의 암세포를 사라지게 했던 것입니다. 믿을 수 없는 얘기 같지만, 실제로 정신병원에서는 약물치료보다 마음 치료에 중점을 둔다고 합니다. 인생에서 지금이 가장 아름다운 순간임을 느낄 수 있도록 매일 감사의 마음을 표현하도록 합니다. 빵 한 조각을 앞에 놓고도 감사의 기도를 올리고, 정원을 산책하면서도 감사한 마음을 표현합니다. 병이 조금 더 나빠져도 감사하고 살날이 얼마 남지 않았어도 슬픔과 절망에 빠져 있기보다 아직 살아있음에 더 감사하는 마음을 갖도록 하는 것입니다.

칼 구스타푸융은 "사람들은 무의식이 지배하는 삶을 운명이라고 하는데 잘못된 생각이다. 우리 삶은 의식이 지배하도록 해야 한다."라고 했습니다.

의식적인 훈련을 통해서 얼마든지 행복해질 수가 있으며 행복해지기 위한 첫 번째 조건이 감사하는 마음이라고 합니다.

오늘이
소중해집니다

오늘 살아있지 못한, 어제 떠나간 이들에게
평범한 일상은 기적입니다.
그러나 매일매일 기적처럼 살아가는 사람들도 있습니다.
오늘을, 지금, 이 순간을 소중하게 생각하는 사람들입니다.

자신에게 주어진 시간이 영원불멸이라고 생각하는 사람들에게 하루는 별것 아닌 소모품 같을 테지만 삶의 벼랑 끝에 서 본 사람은 하루의 소중함을 목숨처럼 여깁니다.

필자는 여명의 시간만 되면 가슴이 벅찹니다. 가리왕산을 휘감은 새벽안개에 감동하고 그 안개 속에 서 있는 자작나무와 적송에 또 감동합니다. 하루를 여는 꽃과 새들의 소리, 그리고 사랑하는 아내의 기척 소리, 숲 냄새, 바람 냄새까지, 매일 보는 풍경들이 경이롭고 신기해서 오늘이 그렇게 소중할 수가 없습니다. 그 모든 것들이 필자를 위해서 존재하고 살아있는 것만 같습니다.

그래서 오늘 할 일을 내일 미룰 수가 없습니다. 내일이 없는 삶처럼 오늘을 살아야 후회가 없을 것 같아서 지금이 가장 소중한 시간입니다. 삶은 유한하지만, 인생의 가치는 무한하기 때문입니다. 매일 꽃밭에 물을 주듯 내 인생의 꽃밭도 소중하게 가꾸어야 합니다. 지금 나는 어디쯤 와 있는지 내가 서 있는 지점이 어떤 이들에게는 가질 수 없었던 소중한 날들이었음을 깨달아야 합니다.

"매일 얼굴을 닦듯이 마음을 청소하라"라는 구절이 있습니다. 모든 행동의 뿌리에는 마음이 있고 그 마음이 곧 모든 행동의 거울이라고 합니다. 매일 눈을 뜨면 자신에게 묻고 또 묻습니다.

나는 과연 제대로 살고 있는가?

필자도 새벽 산책길에서 매번 나 자신에게 묻습니다. 어쩌면 죽을 때까지 묻고 또 물어가며 살아야 하는 것이 인간의 삶인지도 모르겠습니다. 어떤 경지에 이르기 위함이 아니라 올바로 살아가기 위한 하나의 방법이기 때문입니다.

그래서 필자는 또 묻습니다. 나는 오늘 욕심 없는 하루를 보냈는지, 누군가를 원망하거나 비난하지는 않았는지, 감사하는 마음을 가졌는지 떠올리며 반성과 성찰의 하루를 마무리합니다.

3부

숲이 들려준
생각들

"걷는 의미에 집착할 필요는 없습니다.
나로 돌아가려는 마음을 다하면 됩니다."

나를 발견하는 인생의 화두

사랑은 나눔

'사랑'을 뜻하는 'Love'는 산스크리트어의 '로바(Lobha)'에서 온 것이
라는 설이 있습니다.

'로바'는 '탐욕'을 뜻하는 말입니다. '사랑'이라는 말이 '탐욕'을 뜻하
는 산스크리트어로부터 갈라져 나온 것은 우연일 수도 있으나, 한편
으로는 그저 우연이라고 할 수도 없습니다.

그 배경에는 연금술과 같은 신비한 과정이 숨어있어서 그렇습니다.
탐욕은 부드럽게 풀어져 사랑이 됩니다. '로바', 그것은 탐욕이었지만
녹아내리면 사랑이 되는 의미를 담고 있습니다.

어떻게 보면 사랑은 나눠주는 것이며, 탐욕은 쌓아두는 것에 가깝
습니다. 탐욕은 결코 나누어주는 법이 없습니다. 사랑은 보답을 바라
지 않는 조건 없는 나눔입니다.

'로바'라는 단어가 영어의 '러브'가 되기까지 마법처럼 신비한 이유

가 있었으리라 믿습니다. 내면의 연금술이 작용하지 않는 한 탐욕은
사랑이 되지 않는 것입니다.

우리는 하나의 날개로 하늘을 날려고 애쓰고 있습니다.
어떤 사람은 사랑의 날개만을 달고 있으며
또 다른 사람은 자유의 날개만을 달고 있어서,
하나의 날개로 하늘을 나는 것은 불가능하므로
우리는 두 개의 날개가 모두 필요합니다.

진정한 사랑에 좌절이란 없습니다. 하지만 진실하지 못한 사랑은
언제나 좌절을 불러옵니다. 진정한 사랑은 늘 충족감을 느끼며 살아
갑니다. 진정한 사랑은 영혼의 자양분이 되고 힘이 됩니다.

벗은 인품

막역한 벗

모든 비밀을 털어놓고 상의할 수 있는 벗

네 것과 내 것을 가리지 않고 함께 나누어 쓰는 벗

기쁨도 슬픔도 함께 나눌 수 있는 절친한 벗

이해를 저울질하지 않고

마음이 변하지 않으며

비록 몸은 멀리 떨어져 있어도 마음은 항상 가까이하는 벗…

그런 벗이 진정한 벗입니다. 이해타산이 맞아떨어져서 서로 가까이 지내는 사이는 참된 우정이라 하지 않습니다. 술을 먹기에 적당한 사람, 또는 장기나 바둑을 둘 때, 기량도 비슷하고 시간도 잘 맞는 사람과 알게 되어 서로 가까이 지내는 사이를 우정이라고 하지는 않습니다.

　　상대편의 인품에 대한 매력에 끌려서 서로 가까이 지낼 때 참된 우
정은 시작되는 것입니다.

진정한 자유

삶의 고통은 어디에서 오는 걸까요?

필자의 경우는 돈 문제, 인간관계, 건강문제에서 고통이 따랐습니다. 다음으로는 가족, 친구, 직장상사, 경쟁자 등과의 관계가 원만하지 못할 때도 고통이 생겼습니다. 특히 사랑하는 사람이 죽었을 때의 고통은 크고 깊었으며 오래 갔습니다.

살아간다는 것은 이처럼 고통의 연속이라고 합니다. 삶이라는 굴레에는 인연을 잃은 상실감과 물질을 잃은 상실감, 자존심을 다친 상실감이 가득합니다. 그러나 우리는 이를 삶이라고 단정지으며 극복하고 또 헤쳐 나아가기를 반복합니다.

그것은 어쩌면 고통의 반면에 있는, 희망과 행복이라는 또 다른 얼굴이 있기 때문인지도 모릅니다.

좀 더 지혜로운 방법으로 고통을 줄이려면 지금 겪고 있는 고통 또한 다 지나가기 마련이고, 이 순간에 사로잡힌 감정일 뿐이라고 깨닫는 것입니다.

고통의 마음을 조금만 밀어내면
그 자리에 자신이 원하는 것을 채울 수 있습니다.

번뇌 역시 자신이 만든 고통입니다. 이루어질 수 없는 것에 대한 욕망이 어리석으므로 나타나는 것이 번뇌라고 합니다. 자신의 어리석음이 만들어내는 욕망과 분노가 몸과 마음을 괴롭히면서 번뇌에 빠지는 것입니다. 망념(妄念)에 빠지면 자신을 가두어 답답하고 괴롭습니다. 그러니 번뇌에서 빠져나오는 길은 어리석은 욕망으로부터 자유로워지는 것입니다.

내가 만든
감옥

마음의 감옥에서 탈출하는 길은 '나'와 화해하는 것입니다.

집착하지 않으려면 먼저 자신의 힘을 키워야 합니다. '나'에 대한 집착이 타인과의 관계를 망치고, 자식에 대한 집착이 가족의 행복을 망칩니다. 그 뿐인가요? 우리는 돈에 집착하고 건강에 집착하고 사랑과 권력에 집착합니다. 그 모든 것을 '내 것'으로 만들고 싶다는 욕망의 노예가 됩니다.

사랑, 돈, 건강 등은 다 삶을 윤택하게 만드는 요소이긴 하지만 그것에 집착하는 마음을 갖는 순간 우리는 헛된 망상에 빠지고 맙니다. 그 망상이 삶의 고통을 불러옵니다.

결국, 세상의 온갖 괴로움은 '집착'에서 비롯된다고 해도 과언이 아닙니다. 지금 내 마음을 괴롭히는 문제를 깊이 들여다보세요. 최대한 겸허하고 솔직한 눈으로 괴로움의 실마리를 찾아낸다면 내가 어떤 집착에 사로잡혀 있는지 발견할 수 있습니다.

서로의 인생에
거울

부부란 어쩌면 평행선처럼 가야 하는 기찻길과 같고
밥상에 놓인 젓가락과 같은 것이며
처마 아래 놓인 신발과 같은 것인지도 모르겠습니다.

서로 엇물려 돌아가는 톱니바퀴처럼 가정이라는 수레바퀴를 돌려
가는 것입니다. 그러므로 부부는 신비로움으로 살아가는 것이 아니
라, 현실적인 행복의 길을 탐험해 나가는 것입니다.

쌍날의 가위가 서로 맞물려 사물을 가르듯, 가위의 손잡이가 서로
맞부딪혀 엿장수의 가위소리가 나듯, 혼자서는 걸어갈 수 없는 길이
부부의 길이며, 자녀들이 바른길을 가도록 실제로 보여 주는, 인생의
거울이기도 합니다.

나는 누군가의
삶의 이유

젊은 시절에는 마치 영원히 살 것처럼 행동합니다.

느닷없이 닥치는 세월에 자신의 삶이 언제 어떻게 변해갈지 알려고 하지 않습니다.

그것은 뿌리가 튼튼하지 못한 채로 자라는 나무와 같습니다. 뿌리가 튼튼하지 못한 나무는 언제 불어 닥칠지 모르는 세상의 파고에 약할 수밖에 없습니다. 작은 바람에도 좌절하며 비틀거립니다.

자기 삶의 방향을 제대로 알고 준비하며 사는 젊음은 뿌리가 튼튼해서 쉽게 무너지지 않습니다. 참을 수 없는 아픔과 고통 속에서도 인간의 존엄성과 삶의 희망을 잃지 않습니다. 그러나 의미 없이 하루하루를 보내며 시간을 낭비한 사람은 육신이 건장해도 왠지 우울하거나 남보다 훨씬 좋은 조건 속에서도 괜한 공허함을 느껴 방황하기 일쑤입니다.

무엇이 삶의 의미를 주는 것일까요?

그것은 이기심을 버리고 자기 초월의 경험에서 찾을 수가 있습니다. 쉬운 예로, 우리가 살아야 하는 이유는 우리를 필요로 하는 사람들이 이 세상에 아직 존재하기 때문일 수도 있고, 나를 절대적으로 의지하고 사랑하는 가족이 있고, 동고동락(同苦同樂)한 오랜 친구와 생계를 책임져야 할 직원들이 있기 때문입니다.

엄밀한 의미에서 삶은
나 자신을 위해서가 아니라
사랑하는 이들을 위해서 사는 것입니다.
나 역시 누군가의 삶의 이유가 되듯이 말입니다.

지금 만족하다면
성공

성공과 행복에 대한 부모님의 기대와 사회적 기준이 너무 높아서 방황하는 젊은이들이 많습니다.

진정한 삶의 성공과 행복은 이미 자신의 마음속에 있다고 생각합니다. 그 성공과 행복을 자신의 책임 아래 어떻게든 끄집어내어 자신만의 삶을 설계하는 것이 중요합니다.

누군가가 일확천금을 벌었다고 나도 그와 똑같은 방법으로 돈을 벌어볼까 생각할 수도 있습니다. 누군가가 결혼을 잘했다고 나도 그녀처럼 잘난 남자를 만나 결혼이나 해볼까 생각할 수도 있습니다. 또 누군가가 세계적인 스타가 되었으니 나도 연예인이나 되어볼까 생각할 수도 있습니다.

크게 잘못된 생각은 아니지만 그러한 생각은 남하고 똑같은 옷을 입고 싶다는 욕망과 다르지 않습니다.

세상에는 나와 똑같이 생긴 사람이 단 한 사람도 없습니다. 나는

세상에 유일한 단 한 사람인 것입니다. 세상 눈치 보고 따라하며 살 이유가 없습니다. 무슨 일이든 나만의 것을 추구하며 살면 되는 것입니다.

성공이란 최고가 되는 것이 아니라 나만의 유일한 무엇이 되는 것입니다.

가만히 생각해 보시기 바랍니다.

무엇이 떳떳하고 보람 있고 행복한지.

그런 일을 찾았고 만족한 삶을 살고 있다면

당신은 이미 성공한 사람입니다.

공정하고 공평한
여행길

필자는 자주 소나무 숲을 찾아갑니다.

소나무 한 그루마다 느껴지는 시간과 품격은 나무가 아니라 한 생을 대하는 것처럼 느껴집니다. 소나무 숲에 들어서면 마치 오래된 친구를 만나러 온 양 그저 반갑고 편안합니다. 아무 말 없이 가만히 바라만 보아도 이해받은 것만 같아서 큰 위로가 됩니다.

필자는 늙은 소나무가 살아온 생을 알 수 있습니다. 소나무도 필자의 생을 알고 있을 것입니다. 우리는 서로의 시간에 관해 묻지 않고 말하지 않아도 한 생을 논할 수 있는 충분한 시간을 살아냈기 때문입니다. 숲을 지나는 바람조차 소나무 숲에선 조용하고 우아하게 머물다가는 걸 느낄 수 있습니다.

우리는 '나이 듦'을 '늙음'이라고 표현하며 허망하고 속절없다고도 합니다. 필자 역시 현실에서 조금씩 밀려날 적마다 그런 생각을 한 적이 있습니다. 그러나 언제나 고요한 기품을 유지하며 숲의 주인으로 사는 적송을 보면 시간의 역사가 얼마나 아름답고 찬란한지 새삼 깨 닫습니다.

늙음은 성숙이고 성찰이고 깨달음입니다. 속절없이 허물어져 가는 세월이 아니라 한 생이 완생으로 가기 위한 경건 하면서도 경이로운 시간입니다. 시간은 누구에게나 공평하고 공정합니다. 어떤 의미를 가지고 사느냐에 따라서 젊음도 늙음도 가치가 있는 것입니다.

> 삶과 죽음은 정반대의 위치에 놓여 있는 것이 아니라
> 한 수평선에 놓여 있다고 합니다.

사실 우리는 살면 살수록 죽음이 가까워져 오는 것이므로 삶과 죽음은 곧 동전의 앞면과 뒷면처럼 하나라고 봐야 합니다. 출생이 없으면 죽음도 없을 것, 삶은 곧 죽음의 시작이라고 봐야 하겠지요.

출생에서 사망으로 이르는 길목에 늙음이 있습니다. 늙음은 죽음보다 더 어두운 빛으로 우리 앞에 서서히 다가옵니다. 죽음은 순간적 사건이고 죽은 뒤의 일은 의식하지 못하므로, 사실 그것은 크게 두려울 일이 아닙니다. 젊은 시절엔 의식하지 못했던 늙음은 서서히 접근해 옵니다. 자신의 늙음을 두고두고 바라보아야 하므로, 늙음의 문제는 죽음의 문제보다 더 우리 삶에 긴 그림자를 만듭니다.

돈은
쓰는 사람의 인격

우리는 매일 돈을 벌기 위해서 열심히 일합니다.

돈은 노동과 능력의 대가이고 삶을 영위해 나가는 데 필요한 방법과 수단으로 작용합니다. 혹자들은 돈이란 그 사회의 가치척도라고도 하고, 사회생활의 전부라고도 합니다. 반면에 어떤 사람들은 돈은 자기 인생에서 그다지 중요하지 않다고 말을 하기도 합니다. 돈의 정의는 이처럼 필요하거나 쓰는 사람의 가치와 의미에 따라 다르다는 생각입니다.

필자는 돈의 쓰임이 얼마나 소중하면서도 위험한지 알기에 돈의 논리에 조금 부정적인 편입니다. 돈은 절대로 만족을 모르기 때문에 결국 돈을 다루는 사람이 중요합니다. 돈에도 품격이 있다는 말은 곧 돈을 쓰는 사람의 품격과 인격을 말합니다.

오늘 내 주머니 속에 있는 천원으로 세상을 얻을 수도 있고 세상을 잃을 수도 있는 것입니다.

자신을 귀하게 여기는 마음

진정한 자존심이란 타인에 의해서 만들어지는
인정이나 칭찬이 아닙니다.

객관적인 평가를 중요시하는 사람은 항상 세상 눈치를 보느라 경쟁과 질투를 반복하며 살아갑니다. 그들이 멋있고 예쁘고 부럽다고 해야만 자존심이 세워지고 만족하는 것입니다.

하지만 그런 자존심은 쉽게 무너집니다. 남들이 조금만 부정적인 소릴 하면 금세 기분이 상해서 스스로 자존심을 추락시킵니다.

그러나 자존심을 외부가 아닌 자신의 내부에서 찾는다면 세상 눈치 볼 일도 없습니다. 성숙한 사고와 가치에 의해서 얻어진 자신만의 자존심이라 누군가에 의해서 쉽게 무너지지 않습니다. 그러니까 '자존심'은 자기 자신을 귀하게 여기는 마음입니다. 넓게 보면 다른 이를 존중하는 마음이기도 합니다. 남을 소중하게 여겨야 자신도 그런 대접

을 받는 것입니다. 마치 부메랑처럼 말입니다.

누구는 자존심이 세고 누구는 자존심이 없는 것처럼 보이지만 살아 있는 건 모두 자존심이 있습니다. 특히 자연 속에 사는 동물들은 자존심을 목숨과 바꿀 만큼 소중하게 생각합니다.

나뿐만 아니라 다른 사람들의 자존심도 지킬 수 있도록 도와주는 것, 그것이 자존심을 멋지게 지키는 일입니다.

돈으로
살 수 없는 멋

사람들은 늘 멋있는 것을 동경하며 살아갑니다.

멋에 대한 기준은 각자 다르겠지만 통상적인 기준은 보통 현실적으로 보이는 것들에 더 후한 점수를 줍니다. 삶의 기준이 변하면서 동경하는 것들도 변할 수밖에 없는 것이 현실이기 때문입니다.

'멋있음'에 대한 기준이 갈수록 내면의 아름다움보다는 외적인 면을 더 중요시하는 것 같아서 필자는 참 안타깝습니다. 좋은 차를 몰고 다니고, 좋은 집에 살고, 좋은 학교를 나오고, 좋은 직업을 갖고, 잘생긴 사람을 대부분 '멋있다'라고 말합니다.

그러나 필자가 나이 들어 인생이라는 것을 깨닫고 보니 돈으로 살 수 있거나 가질 수 있는 것들은 그리 귀하거나 대단해 보이지 않았습니다. 혹자들은 가질만큼 가져봤으니 그런 소릴 하는 거라고 말할 수도 있을 것입니다. 그렇지 않습니다. 가져보고 깨달았기 때문에 이런 말을 할 수 있는 것입니다. '돈만 있으면 누구나 저렇게 될 수 있는데 뭐가 멋있다는 것일까? 그놈의 돈이 뭐길래 진정한 멋까지 바꾸는 것일까?' 라고 생각하지 않을 수 없습니다.

필자가 생각하는 멋있는 사람이란 현실의 조건에 얽매이지 않고 자신이 하고 싶어 하는 일을 통해 다른 사람들이 행복할 수 있도록 도와주는 사람이 아닐까 싶습니다. 자신이 세 끼를 배불리 먹는 것보다는 굶주리고 있는 세 사람과 함께 한 끼씩 나누어 먹는 것이 더 의미가 있는 삶, 다른 사람들과 함께 나누는 삶이 나를 행복하게 만든다는 걸 아는 사람이 가장 멋있는 사람 같습니다.

필자도 가끔은 주변인들로부터 그런 얘길 듣습니다.
"편하게 살지, 뭐하러 정선에 와서 고생을 해?"
그런 소릴 들을 때마다 필자는 조금 서운합니다. 내가 원하는 삶을 살기 위한 선택인데, 필자를 '멋있는 사람'이라고 말하기보다 '특이한 사람'이라고 보는 것입니다.
하지만 괜찮습니다. 필자 스스로 멋있고 특별한 사람이라고 생각하니까 말입니다.

후회하지 않는 삶이
완생

임종하기 직전의 사람들에게 물었습니다.
"마지막으로 하고 싶은 말을 해보세요."

"미안해."
"행복하게 잘 살아."
"다시 태어나면 자유롭게 살고 싶어."

대다수의 사람이 이런 말들을 남겼다고 합니다.

이들이 남긴 말들을 반대로 생각해 보면 그렇게 살지 못한 것들에 대한 후회라고 할 수 있습니다. 남겨진 자들한테, 자신은 그렇게 못 살았으니 당신들은 나처럼 살지 말라는 마지막 메시지입니다.

후회 없는 삶은 없는 것 같습니다. 인간은 미완성으로 태어나 완생을 꿈꾸며 살아갈 수밖에 없는 존재이고, 그래서 삶은 언제나 만족과 후회의 반복일 수밖에 없을 테지요.

항상 남에게 박수갈채를 받는다고 후회 없는 삶일까요?

영원하지 않은 삶에서 후회라는 말은 어쩌면 꿈의 다른 말일지도 모릅니다. 오늘의 삶을 '후회하지 않기 위해서' 보다 '행복하기 위해서' 살고 있다는 말로 바꾸면 하루가 더 의미 있고 소중하게 느껴질 것입니다.

오늘의 소중함

죽음은 정든 가족과 애인, 친구, 재산과 지위 등 모든 것을 내려놓고 가는 것입니다.

생각만 해도 괴롭고 슬픈 일입니다. 그러나 인간이라면 누구든 죽음은 피할 수 없습니다. 하지만 사람의 수명은 누구도 예측할 수 없고, 정해지지도 않았습니다.

세상 만물은 변하지 않는 것이 없으며, 높이 있는 것은 반드시 떨어지며, 만남에는 이별이 따르고, 언젠가는 누구나 죽게 되어 있습니다. 그리고 사람은 내일 무슨 일이 일어날지 모르고 살아갑니다.

"인생은 잠시 왔다가 잠시 후에 사라지는 안개와 같다"라고도 말했습니다. 그러니 우리가 확실히 소유하며 사는 날은 오늘 하루뿐일 수도 있습니다. 언제 어느 때 생각지도 않은 죽음의 손길이 찾아와서 내 생명의 문을 두드릴지 모르는 일입니다. 그때를 생각해서 모든 것을 내려놓고 영원히 돌아오지 못할 곳으로 떠나야 할 각오와 준비를 하면서 살아야 합니다.

누구에게나 공평한 죽음을 우리는 자주 남의 일처럼 외면하며 살아갑니다. 삶이 유의미한 것은 죽음이 있기 때문일 것입니다.

죽음에 대한 성찰은 삶을 풍요롭게 하며 잘사는 삶은 품위 있는 죽음을 필연적으로 내포하고 있습니다. 아름답고 고귀한 죽음은 매 순간 우리네 삶 속에 깊이 녹아 있습니다. 그래서 삶과 죽음은 서로를 비출 때 비로소 같이 빛나는 것일지도 모릅니다.

> "지나간 날에 미련을 갖지 말고,
> 오지도 않은 내일을 걱정하지 말자.
> 오늘을 사랑하며 살자"

필자는 전적으로 이 말에 동의합니다. 톨스토이는 '인생십훈(人生十訓)'에서 일과 생각, 운동과 독서, 친절함과 꿈, 사랑, 주변 살피기, 웃음, 기도 등 10개 분야를 실천해야 한다고 제시하고 있습니다. 그래서 필자는 항상 '오늘이 나에게 주어진 마지막 날이 될지 모른다'라는 생각으로 후회 없는 삶을 살려고 노력하고 있습니다.

내 마음에 타인의 자리를 만듭니다

마음의 빗장을 건 것은 세상이 아니라 나

인간은 타인들과의 소통을 통해서 성숙해집니다.

나와 다른 무수한 사람과 어울려 살아가야 하는 사회에서 타인은 또 다른 나의 자아임을 확인시켜주기 때문입니다. 나는 다른 누군가의 세상이 되기도 하고 다른 누군가는 나의 세상이 되기도 합니다. 혼자인 것 같지만 절대 혼자일 수 없는 것이 세상이고 우리라는 삶이기 때문입니다.

그러나 우리 현실은 타인과 진정으로 소통하며 살아가기에 점점 힘들어지고 있습니다. 옆집에 사는 사람과 안면을 트고 지내는 일조차 불편하게 생각하고, 직장 동료와의 사적인 대화를 꺼리는 것 역시 불편하게 생각해서 그럴 것입니다. 편리성만을 좇는 과학의 발전 또한 인간관계를 저해하는 가장 큰 요인이기도 합니다.

나와 타인 사이에 마치 건널 수 없는 강이 존재하는 듯 우리는 이웃과 동료에 대해 무관심이라는 벽을 쌓으며 살아갑니다. 그러나 따뜻한 감정의 교류가 없는 인간관계는 외로움과 두려움을 만들어냅니다. 마음은 닫히고 행동은 제한적으로 변해 판단력은 흔들리고 가치관은 왜곡될 수도 있습니다.

걷기에 빠져 지내던 젊은 시절 나는 늘 혼자였습니다. 걱정과 불안감에 사로잡혀 언제나 혼자 고민하다 혼자 결론 내버리기 일쑤였습니다. 무슨 일을 해도 만족하지 못해서 마음은 늘 허전했습니다. 누군가와 마음을 나눈다는 것이 그때는 그렇게 어려운 일이었습니다. 성숙해진다는 것이 나와 전혀 다른 마음을 가진 무수한 사람과 잘 어울려 사는 것이라는 걸 몰랐던 것입니다.

세상의 문을 열고 나가면 나와 다르고도 같은 무수한 사람이 있습니다. 그들 역시 나와 같은 마음으로 세상의 문 앞에서 누군가를 기다리고 있습니다.

문을 걸어 잠근 사람은 세상이 아니라
자신임을 깨닫는 순간 우리는
뭉쳐 있던 마음이 풀어지는 걸 느낄 수 있습니다.

자신이 먼저 용기를 가지고 문을 열면, 꼭꼭 닫혀 있던 마음이 환해지는 걸 느낄 수 있습니다. 자신이 불행하다고 느끼는 것은 가진 게 없어서가 아니라 마음의 빗장을 걸었기 때문입니다.

나만의
자신감을 갖습니다

자신감과 겸손함은 다릅니다.

능력이 있는데 자신을 낮추어 말하는 것은 겸손함이지만, 자신을 지나치게 낮게 평가하는 것을 자신감 결여입니다. 할 수 있는 일도 자신 없다고 생각하는 순간 능력은 반감이 됩니다. 특히 타인과 관계 맺는 것을 힘들어하는 사람들이 있습니다. 스스로 자신감을 떨어트리며 상대방의 눈치를 보는 것입니다.

자신을 사랑하지 않는 사람은
누구한테도 사랑받지 못한다고 합니다.

자신을 낮게 평가하거나 하찮게 생각하면 타인 또한 그렇게 생각할 수 있습니다. 언제까지나 구석자리를 차지하고 앉아서 눈치를 보거나 관망만 한다면, 좋은 사람을 가질 수 없습니다. 스스로 당당하게 앞으

로 걸어 나와야만 세상을 똑바로 바라볼 수 있습니다.

나에게도 세상이 부러워할 수 있는 나만의 장점이 분명히 있을 것입니다.

내 마음자리를
만듭니다

마음을 다스린다는 것은 참 어려우면서도 쉬운 일입니다.

마음만 바꾸면 천국이 될 수도 있고 지옥이 될 수도 있다고 하는 얘기 역시 그런 뜻입니다.

우리는 각자 에고라는 잠재의식을 가지고 있습니다. 가장 순수하고 본질적인 자신의 진짜 모습은 그러나 여타의 욕망에 가려져 현실적인 고통과 번민에 사로잡혀 있습니다. 부처는 이를 탐심에 사로잡힌 고뇌(苦惱)라고 합니다. 때문에 참 나를 등불 삼아 자신의 마음자리를 찾아야 한다고 합니다.

내 행복에
집중합니다

대부분의 사람은 세상의 변화를 줄기차게 요구합니다.

세상이 변해야 자신의 불행이 감소하고 세상이 변해야 자신의 행복을 지킬 수 있다고 생각하는 것입니다. 세상이 변하지 않고서는 자신의 문제가 결코 해결될 수 없다며 모든 책임을 세상 탓으로 돌립니다. 물론 잘못된 세상도 있습니다. 불합리하고 비상식적인 세상에서 자신은 언제나 피해자고 약자일 수 있습니다.

그러나 그러한 생각을 바꾸지 않는 이상 세상은 절대 달라지지 않습니다. 세상을 바꾸는 것은 다른 누군가가 아니라 나 자신임을 깨달아야 합니다.

자신의 변화가 곧 세상의 변화를
가져온다는 사실을 인식해야 합니다.

누군가를 비난하고 욕하는 일은 쉽지만, 자신에게는 아무런 득이 없습니다. 스트레스만 쌓일 뿐입니다.

복수 대신
잊고 용서합니다

복수는 복수를 낳는다고 합니다.

평생 복수를 위해 살아온 사람의 말로는 통쾌한 것이 아니라 언제나 비참하게 끝나는 걸 볼 수 있습니다. 상대를 해하기 위해 시작한 복수가 어느 순간 자신을 망가뜨리고 있다는 사실을 깨달으면서 복수는 끝이 나지만 결국 승자도 패자도 없는 게임입니다.

복수를 꿈꾸는 사람은 대개 복수를 실행하지 않으면 자신의 실패를 인정하는 것으로 생각합니다. 머릿속 가득 채워진 복수라는 적개심 때문에 자신의 생활이 흐트러지고 몸이 망가지고 있다는 사실을 쉽게 인식하지 못합니다.

복수심은 사람과의 관계에서뿐만 아니라 자신의 인생 전반에서 나타나기도 합니다. 실패를 극복하려는 방법으로 복수라는 의지를 다지기도 합니다. 원하던 대학에 낙방해서, 사랑하던 애인과 이별을 해서, 사업에 실패해서 우리는 복수를 꿈꾸기도 합니다. 그러나 실패의 복수로 곧 성공이라는 법칙에 매달려 살다 보면 내 안의 평화는 깨지고 맙니다. 인간관계의 복수든 일에 대한 목표의 복수든 남는 것은 결국 부정적인 감정이 만든 허무와 허탈뿐입니다.

그래서 '참을 인(忍)' 자는 용서라는 평화를 선물합니다.
꽁꽁 얼었던 마음이 녹는 순간
가장 자유로워지는 사람은 복수의 대상이 아니라
나 자신임을 깨닫습니다.

용서하는 사람이 분노를 가지고 사는 사람보다 더 행복하다고 하는 것 역시 복수로 얻을 수 있는 것은 아무것도 없기 때문입니다.

다른 사람에 대한
기대를 줄입니다

기대라는 것은 희망이기도 합니다.

직장에서 열심히 일하는 사람은 당연히 승진을 기대할 것이고 승진한 사람은 당연히 월급이 오를 것을 기대합니다. 연인들끼리는 서로의 사랑을 확인하기를 늘 기대합니다.

이것은 다른 말로 보상심리라고 합니다. 내가 이만큼 일했고 이만큼 해주었으니까 당신도 나에게 이만큼은 해주겠지 하는 기대 심리는 어쩌면 당연한지도 모릅니다.

그러한 대가나 기대를 바라고 일을 하거나 사람을 상대하는 순간 자신이 가져야 할 부담감은 더 커집니다. 그냥 순수한 마음으로 집중할 때와 다르게 이해라는 계산이 생기는 것입니다. 계산은 늘 정확도를 요구하기 때문에 어느 한쪽이 모자라거나 넘치면 보상하려고 하므로 본래의 의미는 퇴색되고 상업적 감정만 남기 쉽습니다.

재산이 많은 부모를 둔 자식은 늘 기대합니다. 언젠가는 부모의 재

산이 모두 내 것이 될 거라고 말입니다. 저 사람은 절대 내 곁을 떠나지 않을 거라는 기대 역시 오만한 믿음이라고 할 수 있습니다.

믿음과 기대는 착하고 좋은 친구들 같지만
가장 쉽게 상처받을 수 있는 감정이기도 합니다.

나의 어려움을
광고하지 않습니다

친구 중에는 그런 친구가 있습니다.

무슨 문제만 생기면 이 친구 저 친구를 찾아다니며 자신의 문제를 털어놓습니다. 사업적인 문제부터 가정사까지 늘 자신의 문제를 친구 또는 지인들한테 답을 얻으려고 합니다. 그 친구는 고민을 들어줄 사람의 입장은 생각하지 않고 일방적일 때가 많습니다. 시도 때도 없이 자신의 처지만 내세우며 마치 이 문제를 당장 해결하지 않으면 큰일이라도 날 듯 호들갑을 떠는 경우입니다.

자신 스스로 해결하지 못하고
전전긍긍하는 것도 사실 습관일 수 있습니다.

물론 진정한 친구는 자기 일처럼 도움을 주려고도 할 것입니다. 그러나 대개는 그런 친구의 문제에 별 관심이 없습니다. 자신과 직접적인 관계가 있지 않은 이상 사람들은 모두 강 건너 불구경하는 정도의 관심밖에는 없습니다.

그러니 도움이 절실히 필요한 문제가 아니라면 자신의 문제를 굳이 광고하고 다니는 것은 바람직하지 못한 일입니다. 상대 처지에서 보면 그런 친구는 생각이 깊지 못하고 미성숙하며 논리적이지 않게 보일 수 있습니다. 늘 자신에 대한 불평불만이 많은 게 미덥지 않은 사람으로 보일 수도 있습니다.

만일 어떠한 어려움에 부닥쳤거나 심각한 고민에 빠졌을 때는 시간을 가지고 스스로 해결하려는 노력이 필요합니다.

무작정 누군가한테 의지해 답을 얻으려고 하지 말고
상황을 지켜보며 정리해 보는 시간을 가져야 합니다.

나쁘게 생각하거나
말하지 않습니다

부처가 아니고서는 좋은 말만 하면서 살 수 없습니다.

성인군자도 다 그렇게 살지만은 않았을 것입니다. 살다 보면 본의 아니게 남의 욕도 할 수 있고 나쁜 사람과 좋은 사람을 구분하기도 합니다. 자신을 보호하기 위해서 또는 내 편을 만들기 위해서 누군가를 적으로 만들 수밖에 없는 상황을 만들기도 합니다.

그러나 누군가에게 욕을 하거나 부정적인 생각을 하는 순간, 자신도 똑같이 부정적인 진동에 휩싸인다는 것을 알아야 합니다.

카르마는 불교적 용어로 업(業)이라고 합니다. 즉, 심신의 활동으로 짓는 선악의 소행을 말합니다. 우리가 흔히 알고 있는 인과응보(因果應報)라는 뜻으로 선악의 행위에는 반드시 그 인과응보가 따른다고 합니다. 다시 말하면 좋은 일에는 좋은 결과가 있고, 나쁜 일에는 나쁜 결과가 따른다는 뜻입니다. 다른 사람의 결점이 곧 내 결점이 될 수도 있으니 말을 하기 전에 한번쯤 생각해봐야 합니다.

세상이 나의 거울이듯 나 역시 다른 누군가의
거울이 될 수 있음을 잊어서는 안 됩니다.

자신이 변할 수 있음을 믿습니다

당신이 지금 아무것도 바뀔 수 없다고 생각한다면
변화할 수 있다고 믿을 때만큼 노력하기 힘들 것입니다.

그러니 문제에 맞설 때는 긍정적인 사고를 유지하며, 당신이 사고
방식을 바꿀 수 있고 더 나아질 수 있다고 믿어야 합니다.
'성장할 수 있다'라는 마음가짐을 가진 사람이어야 합니다. 자신을
바꿀 수 없다고 믿는 사람들보다 원하는 변화를 불러일으킬 가능성이
큽니다.

자신의 능력을 정확하게 파악하는 것이 마음을 조절하기 수월합니
다. 자신의 행동을 조절할 수 있는 능력이 생기면, 마음이 전보다 낙
관적으로 변해 일의 판단력도 좋아지기 때문입니다.

낙관적으로 생각하기 위해서는
계속 반복해서 스스로에게
자기 마음을 조절할 수 있다고 말해보도록 합니다.
그렇게 믿어지지 않더라도 계속 말해야 합니다.

평상심이 곧 자유입니다

'평상심'이 '도'라는 말이 있습니다.

평상심을 가질 수 있다는 것은 도를 깨우쳤다는 뜻이 되기도 합니다. 도는 대단한 경지에 이르는 것을 말하기도 하지만 평상심과 같은 뜻으로 사고의 어떤 경지를 말합니다. 옳고 그름의 어느 한쪽에 치우치지 않는 자유로운 마음 세계로 평상심은 곧 '중도'라고도 합니다. 명상에서 가장 중요한 수행입니다. 어떤 형상을 초월하여 아무것도 걸리지 않는 마음 상태로 일체의 자유로움을 얻은 삶입니다.

평상심은 명상에서 과학과 종교를 초월할 뿐만 아니라, 생각과 감정의 굴레에서 벗어나 마음을 치유하는 경지이며 이를 도라고 합니다.

남의 일에 너무 관심이 없는 사람도 문제지만 매사 지나치게 간섭을 하거나 문제를 제기하여 시비를 만드는 사람도 있습니다. 나쁘게 보면 주제 파악 못하고 이일 저 일에 나서는 사람들이고, 좋게 보면 사회와 이웃에 관한 관심이 커 자신의 이익과는 상관없이 앞장서서 문제를 해결하려는 사람들입니다. 그러나 아무리 좋은 일이라도 남의 일에 지나치게 끼어들거나 간섭하면 구설에 오르기 쉽습니다.

좋은 뜻으로 한 일조차 다른 의미로 해석하는 세상이다 보니 몸을 사려야 한다는 의미지만, 남의 일에 쉽게 달아오르거나 자신의 의견을 주장하는 것은 결과적으로 득보다 실이 많습니다.

미움을 버리고
자유를 선택합니다

정치와 종교에 관한 이야기는 가족 간에도 매우 조심스럽습니다.

부모와 자식 간이라도 정치적 이념이 다를 수 있으므로 일방적 주장으로 한쪽을 공격하다 보면 씻지 못할 상처를 주기도 합니다. 또한, 서로 다른 종교관으로 배타적인 행동을 보인다면 친한 친구라도 등을 돌리기 마련입니다.

중도란 자신의 이념과 가치를 지키면서 타인과 부딪침을 만들지 않는 것입니다. 내가 옳고 그름을 주장하기보다 포용과 중용이라는 평상심으로 세상을 바라보는 것입니다.

자신을 미워하는 사람을 사랑한다는 것은 참 어려운 일입니다. 자비와 사랑만으론 살아갈 수 없는 세상이기 때문입니다. 돈을 빌렸으면 마땅히 갚아야 하고 은혜를 받았으면 돌려줘야 하는 것이 인지상정이지만 받은 만큼 돌려주지 않는 사람도 있습니다.

평생의 은인도 있지만
평생의 원수도 있는 것이 인간관계이고
누군가를 좋아하고 미워하는 것도
피할 수 없는 것이 삶입니다.

그러니 자신을 위해서 누군가를 미워하기보다는 그 미움을 버림으로써 자유로워지는 쪽을 선택하는 것이 훨씬 바람직합니다. 그것이야 말로 최고의 도를 수행하는 것입니다.

쉼 없는 노동이
최고의 명상입니다

봉쇄수도원의 수도사들은 모든 것을 자급자족하며 살아갑니다.

그들의 일상은 기도와 일의 반복입니다. 직접 농사를 지어 밥을 해먹고 생활에 필요한 것들은 만들어 쓰거나 고쳐 씁니다. 재봉틀을 돌려 옷을 만들고 찢어지거나 해진 옷은 바느질로 수선합니다.

온종일 쉬지 않고 일하는 수도사들에게서 우리는 삶의 경건함을 봅니다. 숨 막힐 듯 고요한 수도원의 풍경 속에서 수도사들의 노동은 그 자체가 명상입니다. 쉬지 않고 몸을 놀리는 행위는 일체의 생각에서 벗어날 수 있는 최고의 명상으로 가장 신성한 행위입니다.

무슨 일이든지 자신한테 주어진 일을
묵묵히 수행하는 것은 누구를 위한 것이 아니고
나 자신을 위한 일입니다.

현재의 가진 것에
감사합니다

사람의 욕망을 두고 끝이 없다고 부정적으로 말합니다.

하지만 다르게는 인간의 욕망은 당연하다고, 삶의 열정이라고 긍정적으로 표현하는 때도 많습니다.

저도 한때는 내 삶의 끝없는 열정이 좋았습니다. 가만히 있거나 멈춰 있으면 도태되는 것 같아서 스스로 용납하지 않았습니다. 목표를 세우고 이루는 것을 성공이라고 하는데, 그런 열정을 부정적인 욕망으로 표현한다는 것은 열등한 자들의 질투라고 생각했습니다.

남들도 지치지 않는 내 열정을 부러워했습니다. 어떻게 하면 쉬지 않고 일을 할 수 있는 것인지 내 삶의 철학을 궁금해하기도 했습니다. 그러나 끝없는 욕망이라는 것은 지금 또는 현재의 것에 만족하지 못해 더 크고 더 많은 것들을 원하고 추구하려는 욕심의 본 모습이기도 합니다.

욕망은 목적지가 없는 곳을 향해 달리는 기차와도 같습니다. 달리는 욕망의 기차를 멈추게 하는 것은 만족과 감사함을 깨닫는 것입니다. 현재의 가진 것에 감사함을 느끼는 순간, 몸과 마음은 평안을 찾습니다.

욕망의 크기는 감사함에 반비례합니다.

욕망이 클수록 감사함은 점점 작아지고 초라해지다가 본래의 자신을 잃어버리고 맙니다. 그릇된 욕망은 주변을 괴롭히고 자신을 괴물로 만들어 버리지만, 감사함은 세상을 사랑과 평화로 물들입니다.

내 생각과 감정에 집착하지 않습니다

집착은 두 종류라고 합니다.

자신의 감정이나 행동에 집착하는 때도 있지만 타인이나 세상을 향한 집착도 있습니다. 성격이라고 할 수도 있지만, 강박적인 감정이나 행동을 보인다면 일반적인 성향이라고 할 수 없습니다. 탁자 위에 먼지 한 톨조차 견딜 수 없어 반복적으로 청소를 한다거나 특정 음식만 집중적으로 먹는 것 역시 개인의 취향이나 성격이라고 할 수 없습니다. 또, 가족이나 연인의 일상을 지나칠 정도로 점검하거나 간섭하는 행위 역시 애정이 아니라 집착이라고 합니다.

집착하는 사람들의 특징은 대체로 자신의 착각에서 비롯된다고 합니다. 상대방보다 자신의 공감 능력이 높다거나 그를 위해선 목숨까지도 바칠 수 있다고 착각하는 것입니다.

무엇이든 자신의 잣대로 끝없이 비교하며 스스로 상처를 받습니다.

이러한 감정은 결국 상대를 향한 원망과 분노로 변해 관계를 악화시킵니다.

인간의 활동 중에서 가장 소모적인 행위인
집착을 극복하는 방법은
집착하는 대상과 나를 분리하는 것입니다.

나와 그것, 나와 당신, 나와 그리고 세상을 분리해 타자화시키면 자신을 옥죄고 있던 집착으로부터 해방됩니다. 또한, 새로운 친구를 만나거나 취미활동을 통해 자신을 변화시키는 것도, 집착에서 벗어나는 방법입니다.

4부

숲을 걸으며
깨닫습니다

"발끝으로 깨닫는 순례는 목적지가 아닌
무엇에 이르는 길입니다."

진정한 나를 만나러 떠나는 여행

마음의 근육,
아리랑 호흡 명상

자연을 사랑한다는 것은 곧 자신을 사랑한다는 말과 같습니다.

자연으로부터 멀어졌거나 자연과 가까이하기를 싫어하는 사람은 행복해지기 어렵습니다. 자연의 에너지는 그래서 누구나 지혜롭게 이용만 한다면, 늘 새로운 삶을 살 수 있습니다.

인생의 배터리가 방전될 때, 우리가 영지로 떠나야 하는 이유입니다. 영지(靈地)란 신령스러운 기운이 뭉쳐 있는 장소를 말합니다. 신령함은 바위, 물, 바람, 빛의 조화가 이뤄진 곳에서 최적의 기운을 내뿜습니다. 인간은 오래전부터 그러한 신령한 영지를 동경해왔습니다. 기도와 제사를 지내기 위한 영지를 찾는 것이야말로 행복한 삶을 보장받을 수 있기 때문이었습니다.

그렇다면 영지는 어떤 의미가 있을까요?

도시인, 현대인은 마음의 에너지가 고갈되기 쉽습니다. 사방은 콘크리트 벽이고 스마트폰에 많은 에너지를 빼앗기며 살고 있습니다.

어느 날 문득 삶이 허무하고 외롭게 느껴질 때가 있습니다. 열심히 뛰어왔지만, 아직 제자리인 것만 같은 막막함에 사로잡히게 됩니다. 최선을 다해 살았지만, 더 무엇을 해야 할지조차 막막한 순간, 그럴 때는 영지로 떠나볼 것을 권합니다. 땅의 기운, 물의 기운, 하늘의 기운이 가득한 그곳으로 가 자연에 나를 맡기는 것입니다.

어머니의 품과 같은 대자연은 당신이 누구든, 어떤 사연을 가지고 있든지 부드럽게 안아주며 토닥여 줄 것입니다

필자는 가든을 만들기 시작하면서부터 깨달음에 대해 늘 생각했습니다. 정선과 가리왕산이 품고 있는 기운과 지혜가 주는 깨달음을 빼놓고는 달리 설명할 길이 없습니다. 자장율사와 문수보살, 적멸보궁이 있는 상원사와 법흥사 그리고 정암사가 이루는 정삼각형의 벨트는 정선을 깨달음의 고장으로 부르기에 부족함이 없습니다. 필자가 정선에 터를 내리고 명상에 입문한 것 역시 어떤 인연의 고리라는 생각이 듭니다.

필자의 가든에서 수련하는 명상은 깨달음을 위한 '아리랑 호흡 명상'입니다. 아리랑의 진짜 의미는 '참나를 깨닫는 즐거움이여'입니다. 아(我)는 태양과 같이 밝은 나, 또는 참나를 뜻하고, 리(理)는 이치와 원리, 법을 뜻합니다. 랑(浪)은 즐거움을 뜻합니다.

이것을 우리말로 풀어보면 다음과 같습니다.

아리랑 아리랑 아라리요
"태양처럼 밝은이여, 태양처럼 밝은이여"

아리랑 고개를 넘어간다
"참나를 밝히는 힘겨운 길을 가시는 군요"
나를 버리고 가시는 님은
"참나를 찾는 이 길을 포기하고 가는 이는"
십 리도 못 가서 발병 난다
"인간 완성을 이루지 못한 채 삶을 마치고 맙니다."

즉 힘들어도 참나를 깨닫는 기쁨의 길을 가자는 간절한 염원을 담은 노래입니다.

'깨달음의 아리랑 명상'은 깨어 있는 나를 위한 수련의 하나로 현상을 통해 느끼는 행복이 아닌 느낌의 행복을 알아채는 수련입니다. 나의 진정한 행복을 찾아 떠나는 여행이라고 할 수 있습니다. 힐링이나 위로, 욜로 같은 말들이 유행하기 시작하면서 사람들은 자신에 대한 가치와 의미를 다시 생각하게 되었습니다. 물질적 소비 중심의 생활을 맘껏 누려보았지만, 그것만으로는 행복을 찾을 수 없다는 것을 확인하게 된 것입니다.

그렇다면 무엇이 나를 진짜 행복하게 만들까요?
먹고 마시고 보는 여행의 끝은 언제나 지난 추억으로만 쌓일 뿐, 나

를 가득 채워주고 깨닫게 해주지는 않습니다. 나를 찾아 떠나는 여행의 목적은 몸의 근육이 아닌 마음과 정신의 근육을 단련해 주는 진정한 나를 만나러 떠나는 여행입니다.

아리랑 호흡 명상은 '몰입 걷기 명상'을 통한 '자연치유 뇌 휴식법'입니다. 로미지안 가든의 자연 속에서 몰입 걷기를 하면서 스트레스에 강한 멘탈 만드는 가장 효율적인 명상입니다. 아리랑 호흡명상은 일상에 지친 우리의 몸과 마음의 근육을 이완시켜주고, 숙면을 취하는 것처럼 더 깊은 휴식으로 마음을 안정시켜 줄 것입니다. 지친 우리의 삶을 윤택하게 해 주고, 정신을 풍요롭게 하는 방법이기도 합니다.

Ari Hi
나를 찾아 기뻐요!

"아리 하이(Ari Hi)!"

이 말은 로미지안 가든의 명상 인사말 중 하나입니다. 이 명상 인사말은 하와이 등 남태평양 지역에서 사용되는 용서와 화해의 치료의식인 '호오포노포노'의 의미를 빌렸습니다. 참고로 호오포노포노의 의미는 *알로하(ALOHA)!의 뜻을 담고 있습니다.

"아리하이! 아리하이! 아리하이!"를 반복하면서 나쁜 기억을 없애고 상대의 눈을 맞추며 인사를 나누면, 고민하고 있던 문제들이 사라지면서 어느 순간 마음이 평화로워지는 것을 알 수 있습니다.

A는 아카하이(Akahai) 친절과 부드러움, L은 로카히(Lokahi) 통합과 조화로움, O는 올루올루(Olu'olu) 화합과 기쁨, H는 하아하아(Ha'aha'a) 겸허와 겸손, A는 아호누이(Ahonui) 참을성과 인내를 뜻합니다.

사람에 따라 실제로 기적적인 변화도 일으킵니다. 이는 단순하지만, 자신과 상대에게 집중하고자 하는 열린 마음이 만드는 평화입니다.

필자도 로미지안 치유의 숲을 건립하면서 수많은 난관에 봉착했습니다. 깊은 수렁에 빠져 앞이 보이지 않았을 때 '아리하이'를 무수히 되뇌었습니다. 그리고 하염없이 눈물 흘리며 마음을 회복하곤 했습니다.

안고 있는 문제가 깊으면 깊을수록 아리하이 명상의 효과는 더욱 커질 것입니다. 그리 어렵지는 않습니다. 사랑과 용서와 배려, 깨달음의 의미를 담은 아리하이를 마음이 괴롭고 복잡할 때마다 계속해서 반복하기만 하면 됩니다. 마음의 방황이 심하거나 깊은 고민에 빠졌을 때 꼭 한 번 시도해 보시기 바랍니다.

자연의 기
에세이

로미지안의 아리랑 호흡 명상의 특징은 자연의 기(氣) 에너지를 받는 것입니다.

로미지안 가든 치유의 숲과 삼합수대, 천년의 침묵, 그리고 프라나 탑과 붉은 자성의 언덕, 아라리 탑에는 특별한 기(혈자리)가 있습니다.

예부터 선승들은 기를 충전할 수 있는 최적의 장소를 찾아다녔습니다. 아름다운 우주의 기운을 가장 잘 받을 수 있는 장소가 그라운딩 명상의 명당이라고 합니다.

심신이 허약한 사람들이 높은 산과 깊은 산골을 찾아가 휴식을 취하는 것도 지구의 에너지를 충전하기 위한 그라운딩 명상이라고 할 수 있습니다. 맨발로 땅의 기운을 느껴가며 걷다 보면 발바닥에서 따뜻한 기운이 느껴집니다. 불필요한 감정은 기로 방출되어 대지에 녹아들고, 대지는 다시 기 에너지를 좋은 에너지로 정화해줍니다.

지구의 에너지와 나의 에너지는 하나로 연결되어 있습니다. 대지에 연결되어 있던 에너지가 발바닥을 통해 몸속으로 들어오는 것입니다. 몸이 마침내 대자연의 순환에 응하면서 구석구석 기 에너지를 흡수하게 되고 몸은 정화와 기를 충전하게 됩니다.

자연에서 나오는 기란, 에너지 명상을 통해서 신비로운 힘으로 충전됩니다. 세상에는 마음을 치유해 주는 명상이 아주 많습니다. 어떤 방법이 자신의 스트레스와 잡념을 없애 주는지 경험해 보는 것도 바람직합니다. 살아가면서 자기만의 사명이나 이상을 찾아낸다면 하루하루를 열정적으로 살아갈 수 있습니다. 또 인생의 진정한 의미와 목적을 깨달을 수 있고, '나는 어떻게 살아야 하는가?'에 대한 답을 찾는 데 큰 도움이 될 수 있습니다.

나를 만나는 순례길을 함께 걷고 걸으며

당신의 삶에 위로를
: 아리석문

아리석문 입구에는 보랏빛과 검붉은 빛을 띠는 철광석들이 있습니다. 이 돌들은 로미지안 가든의 계단을 만들려다가 발견한 것입니다.

장대비를 흠뻑 맞으면서 보니 검붉게 물든 그 돌들이 마치 삶의 피멍과 고통처럼 느껴졌습니다. 그래서 마음을 담은 시비를 만들어 아리석문으로 만들게 되었습니다.

멀리 오스트리아에서 온 지인이 선물해 준 행운의 종도 함께 달았습니다. 이 종을 세 번 울리면 좋은 일이 생긴다고 합니다. 은은한 종소리를 듣고 있으면 힘들고 지친 삶에 위로가 되는 것 같습니다.

반드시 큰 행운을 가져다 줄 것 같습니다.

자연과 시간에 대한 겸허함
: 천공의 아우라

천공의 아우라는 석회암 군락으로 이루어진 보물입니다.

높은 산 위에서 보기 어려운 이 석회암들은 수억 년 전, 지질 활동으로 바다로부터 육지로 융기한 흔적처럼 보입니다.

얼핏 보면 흔한 바위로 보일 수도 있지만, 자세히 살펴보면 마치 살아 움직이는 듯한 시간의 흔적들을 볼 수 있습니다. 바닷속에서 뭍으로 나온 듯한 거북이, 게, 대형 문어, 그리고 육지의 사자, 뱀, 수달 등의 형상이 또렷하게 보입니다.

자연은 우리의 위대한 스승입니다.

자연은 탄생과 죽음을 통해 인생무상의 진리를 몸소 우리에게 보여줍니다. 자연은 인간이 통제할 수 있는 영역을 훨씬 더 뛰어넘어 인간이 소유할 수 있는 존재가 아닙니다.

너무나도 장대하고 아름다우며, 때로는 잔인하기도 한 것이 자연입

니다.

　자연을 위대한 스승으로 삼고, 우리가 우리의 가장 약한 부분까지 드러낸다면 크나큰 위로와 위안을 받을 수 있습니다.

나를 깨닫는 즐거움
: 아라리 탑

아라리 탑은 '참된 나를 깨닫는 즐거움'이라는 의미로 아리랑을 재해석하여 만들어졌습니다. 탑의 상부를 비워둔 것은 로미지안의 하늘과 풍경을 담기 위해서입니다.

'아'는 '참된 나'를 의미하고, '리'는 '알다, 통하다'라는 뜻이며, '랑'은 '즐겁다, 밝다'라는 뜻입니다. 따라서 아리랑은 '참된 나를 찾는 즐거움'을 뜻합니다.

아리랑의 가사에서 '나를 버리고 간다'라는 것은 '내가 누구인지, 내가 무엇을 위해서 어떻게 살아갈 것인지도 모르면서 인생을 산다면, 얼마 못 가 아무것도 성취할 수 없음을 깨닫게 된다'라는 뜻으로 풀이할 수 있습니다.

"아리랑의 참뜻은 나를 깨닫는 즐거움입니다."

나는 누구입니까?
나는 사람이고 인간이고 인정입니다.
나는 알고 있습니까?
나는 욕망이고 거짓이고 진실입니다.
나는 '도'와 '랑'의 존재입니까?
나는 비로소 순리적 존재입니다.
나는 비로소 피안의 언덕을 넘어
깨달음의 언덕에서 아리랑을 부릅니다.

진심 어린 소원
: 각시상과 각시교

　아주 오래전 이곳에는 큰 계곡을 사이에 둔 마을이 있었습니다. 어느 날, 아랫마을에 사는 열아홉 도령으로부터 윗마을 사는 처녀에게 중매가 들어왔습니다. 윗마을 처녀와 아랫마을 총각의 혼사는 빠르게 진행되었고, 마침내 선남선녀는 신부 집에서 꿈같은 첫날 밤을 지냈습니다.

　그러나 신랑이 아랫마을로 돌아간 후 큰 비가 내리기 시작했습니다. 하루빨리 신부를 데리러 가야 했던 신랑은 더 이상 참지 못하고 물이 불어난 계곡을 건너다 그만 물에 휩쓸려가 버리고 말았습니다.

　신부는 이 사실을 모른 채 매일같이 계곡에 나와 신랑이 오길 기다리다가 그 자리에서 꼼짝없이 망부석이 되어버렸습니다.

　각시상과 붉은 다리 각시교에는 절절한 사랑 이야기가 전해져 오고 있습니다. 각시상은 여성의 모습을 하고 있지만, 사랑하는 연인을

기다리는 세상의 모든 남자이기도 하고, 여자이기도 합니다. 아직 참
사랑을 만나지 못했다면, 슬픔에 빠져있기보다 이곳을 걸으며 새로운
만남과 인연을 기다려야겠습니다.

진심 어린 소원은 언젠가 꼭 이루어집니다.

순례자를 위한 구원의 샘물
: 가리왕산 천연수

순례자의 샘물은 깊고 거친 계곡을 넘어야 만날 수 있습니다.

로미지안 가든의 가리왕산 순례길에는 '가리왕산의 천연수'가 숨어 있습니다. 숨이 턱에 차도록 오르고 또 오르다 보면 구원의 손길처럼 어느 순간 나타납니다. 어쩌면 그 한 모금의 달콤한 샘물을 맛보기 위해서 우리는 늘 순례자로 살아가고 있는지도 모릅니다.

인생의 길 위에서 힘들고 지쳐 포기하고 싶을 때, 구원의 샘은 나타납니다. 다만, 구원은 구원받으려는 자가 밝은 눈을 갖기 위해 끊임없이 노력하고, 순례라는 삶의 행보 한가운데에 있을 때만 찾을 수 있습니다.

가리왕산천연수는 아라한 밸리 순례길과 케백(케렌시아 숲길)순례길로 갈라지는 지점에 있습니다.

쉼 없이 흔들리는
나비의 꿈 : 나비공원

봄은 나비와 함께 찾아옵니다.

가든 이곳저곳에 봄꽃들이 만발하면 눈 돌리는 곳마다 나풀거리는 형형색색의 나비들이 환상적입니다.

숲과 계곡, 꽃밭을 자유롭게 누비는 나비들에 취해 있다 보면, 어느 순간 아득해지면서 한 마리 호랑나비가 되어 가볍게 날아오를지도 모릅니다.

장자의 꿈처럼 눈을 감고 나비의 꿈을 꾸어봅니다. 내가 나비를 꿈꾸듯, 나비가 나를 꿈꾸듯 말입니다. 가끔은 삶의 현장에서 벗어나 자신을 바라볼 필요가 있습니다.

'성찰'은 현실과의 '거리'를 만들 때 비로소 가능합니다.

꿈을 꾸듯 멀리서 아름답게 움직이는 나비를 상상해봅니다.

꿈속에서 나비가 된다면 나는 어디로 갈 것인가?

나비가 나를 꿈꾼다면 '나'는 어떤 사람인가?

가만히 지켜보면 쉴 새 없이 움직이는 나비처럼.

바람결에 끊임없이 흔들리는 나뭇잎처럼 이 세상 모든 생명체는 가만히 있는 것 같지만 움직이지 않는 것이 하나도 없습니다.

모두 다 춤을 추고 있습니다.

파동 속에서, 진동 속에서, 율동 속에서 생명력을 노래하고 있습니다. 움직임과 진동을 통해 의식은 뇌 깊숙이 들어갈 수 있고, 우리는 깊은 생명력을 만날 수 있습니다.

절망에서 희망으로
금빛 날개의 주인 : 백룡어 폭포

백룡어는 한때 가리왕산 중봉의 늙은 소나무였습니다.

어느 날 큰 태풍이 불었고, 늙은 소나무는 그만 쓰러지고 말았습니다. 땔감이 필요했던 나무꾼은 늙은 소나무를 베어 마을로 돌아가기에 이르렀습니다.

그러나 나무꾼은 불어난 강물에 그만 늙은 소나무를 빠트리고 말았습니다. 강물에 한없이 떠내려가던 늙은 소나무는 아랫마을 사는 농부의 콩밭까지 떠내려가 깊숙이 파묻혔습니다.

늙은 소나무는 절망하지 않고 때를 기다렸습니다. 늙은 소나무가 아닌 금빛 용으로 다시 태어나길 기다리면서 자신을 갈고닦았습니다. 그리고 마침내 늙은 소나무는 생명이 용솟음치는 폭포의 주인공인 백룡어로 자신의 존재감을 당당히 드러냈습니다.

마치 곧 승천할 듯이 보이는 금빛 백룡어는 어쩌면 늙은 소나무가

아닌 천상의 용이었을지도 모릅니다.

　살면서 때로 힘겨운 일이 닥쳐오더라도 어떤 마음으로 사는가가 가장 중요합니다.

　우리 모두에게는 금빛 날개가 있습니다. 오늘이 나의 미래인 것처럼, 내가 오늘의 주인인 것처럼 살아야 언젠가는 폭포의 주인인 백룡어가 될 수 있습니다.

　우리 모두는 용일 수도 있고, 늙은 소나무 일수도 있고, 백룡어가 될 수도 있습니다. 언제나 희망을 버리지 말고 금빛 날개의 주인이 되시기 바랍니다.

영혼을 울리는 죽비 소리
: 깨달음의 à ART

우리 영혼은 늘 삶이라는 현실에 매여 힘들고 고통스럽습니다. 매 순간 한계를 극복하고 이겨야만 자신을 지켜낼 수 있습니다. 로미지안 가든의 둘레길 *깨달음의 à ART는 자일을 이용해야 하는 거친 바위 언덕과 흙길로 이어진 순례길입니다. 아기자기한 트레킹 코스를 지나면 아리삼봉을 거쳐 올림픽 성화 봉송로가 나오고 행복가족 길과 베고니아 하우스, 연인의 길로 연결됩니다.

모든 길은 결국 하나의 길로 연결되지만 만나기까지의 과정은 푹신한 흙길과 투박하고 험준한 바위를 타야 하는 고난의 연속입니다. 눈 쌓인 길을 걷고 또 오르다 보면, 흩어진 내 영혼을 일깨우는 죽비소리가 들립니다.

---

*Ari Alphen Route Tracking

늙은 적송의 신성한 시간
: 케렌시아의 숲

　금강송 군락을 볼 수 있는 케렌시아 숲의 원래 지명은 '여래치골'이
었습니다.

　여래치는 '석가여래의 언덕', '피안의 언덕'이라는 뜻입니다. 강원도
는 삼국시대부터 고려시대까지 불교가 가장 번성했던 곳으로 곳곳에
불교에서 유래된 지명이 많이 남아 있습니다.

　'케렌시아'의 뜻도 스페인어로 '안식처, 피난처'를 뜻합니다. 한밤엔
숲으로 쏟아지는 무수한 별들과 이야기를 나눌 수 있고 특히, 겨울밤
엔 늙은 적송의 신성을 느낄 수 있습니다. 대자연의 숲에서 뜨겁고 아
름다운 당신과 별처럼 빛나고 바람처럼 자유로운 나를 만납니다.

위안과 치유의 소리
: 풍욕장

무념무상(無念無想)의 마음으로 **빽빽한** 순례의 숲길을 걷다 보면 어디선가 환청인 양 은은한 종소리가 들려옵니다.

숲이 내는 소리 같기도 하고 빛이 쏟아지는 소리 같기도 합니다.

아리 윈드 차임벨(Ari Wind Chime Bell)소리입니다. 이 소리는 숲속 순례길 곳곳에서 들려옵니다.

온몸으로 전달되는 진동을 느끼며 나 자신을 알아차려 봅니다. 소리 울림을 통해 위안과 치유받길 바랍니다.

벨 소리는 잠재의식 세계와 인간의 근원적이고 본능적인 감정의 흐름에 영향을 미쳐, 안정감을 느끼게 합니다.

아리 윈드 차임벨 소리는 우울감과 스트레스를 잠재우고 아름답고 고요한 평화를 만나게 합니다.

고독에 빠지고 싶은 당신
: 하얀 고독의 언덕

가장 높은 언덕에서 의자 하나가 당신을 기다립니다.

고독을 즐길 수 있는 의자입니다.

'고독'은 피해야 할 것이 아니라, 영혼의 성숙을 위해 꼭 필요한 감정입니다. 고독에 빠진 사람은 결코 자신을 버리지 않습니다.

고독은 불행을 들춰내기 위한 감정이 아닙니다.

고독해야 성찰할 수 있습니다.

자신을 알게 되고 '참나'를 찾게 됩니다.

자신을 사랑하고 더 행복해지고 싶다면, 지금이 바로 고독이 필요한 순간입니다.

고독의 언덕에서 불어오는 산바람을 느끼며 온전한 나를 느낍니다.

나의 지친 마음과 영혼을 잠재우는 하얀 고독이 밀려옵니다.

지혜의 눈으로 본질을 보다
: 가시버시성

'가시버시'는 '부부'를 뜻하는 순우리말입니다.

시간이 흐를수록 깊어지는 부부의 사랑과 믿음에서 성숙한 사랑의 의미를 깨닫게 됩니다. 가시버시성 아리탑에는 로미지안 가든의 로고인 지안이 하늘을 향해 열려있습니다. 지안은 제3의 눈으로 마음의 눈을 뜻합니다. 현실 너머의 본질과 상상의 세계를 볼 수 있는 사고의 눈이며 동시에 지혜를 상징합니다.

나와 당신 그리고 우리
: 삼합수대

정선 아리랑의 주 무대인 아우라지가 송천과 골지천이 만난 곳이라면, 로미지안 가든의 삼합수는 여기에 오대천까지 합쳐진 곳입니다. 그래서 '삼합수'라는 이름이 붙여졌습니다.

하나의 물길이 굽이굽이 여러 갈래의 물길과 합쳐져 큰 강물이 되듯, 우리 인생도 혼자일 때보다 나와 당신, 우리가 만나야 더 풍요로워질 수 있습니다.

삼합수대에 오르면 우리가 꿈꾸는 그런 세상이 보입니다.

가슴을 활짝 펴고 두 팔을 벌려 삼합수의 기운, 큰 세상의 기운을 느껴보시기 바랍니다.

잊고 살았던 천년의 침묵
: 천년의 침묵

천공의 아우라를 지나면 작은 언덕 위로 솟은 석회암들이 조각상처럼 서 있습니다.

켜켜이 쌓인 유기 생물들의 흔적에서 우리가 잊고 살았던 자연의 신비로움과 경이를 느낄 수 있습니다.

천천히 다가가 따뜻한 손길로 돌을 만져봅니다. 마치 살아있는 돌의 생김과 빛깔, 심장 소리가 느껴지는 것 같습니다.

당신이 감사한 마음으로 돌에 집중해 있을 때, 당신 안에 있던 걱정이나 후회, 불안감의 공간이 없어진다는 사실을 알게 됩니다.

언제든 당신이 걱정과 불안에 휩싸일 때마다

지금의 순간을

돌을 만지는 감각을

떠올리며 그것을 즐겨봅니다.

작은 돌멩이 하나를 들어 가만히 천년의 침묵에 놓아둡니다.

천년의 침묵은 언제나 내가 현재의 순간에 머물 수 있도록 기원하고 있습니다.

내면의 눈을 떠야 평화롭다
: 홀로 바위

홀로 바위는 숲과의 대화가 끝나는 지점에 있습니다.

로미지안 가든에서 가장 은밀한 사색의 장소입니다. 숲을 걷다 보면 나타나는 홀로 바위, 오랜 방황 끝에 얻은 안식처인 양 넓고 아늑합니다.

홀로 바위에 앉으면 남평 들과 조양강(송천과 골지천 그리고 오대천이 합수된 강)이 한눈에 보입니다. 그러나 바깥이 아닌 내면의 눈을 떠야 하는 시간입니다. 잠시나마 세상으로 향한 창을 닫고 내면의 창을 열기 위한 곳입니다.

무한의 세상으로 바꾸는 가치
: 붉은 자성의 언덕

'붉은 자성의 언덕'은 자철광이 함유된 황토로 만들어진 곳입니다. 황토 언덕 위에는 동(銅)으로 만든 보물함과 입구의 큰 바윗돌 위에는 어린아이의 동상이 설치되어 있습니다. 큰 바윗돌 위에 쪼그리고 앉아 있는 아이에게 세상은, 무한한 가능성을 가진 곳입니다.

용기를 갖고, 무엇이든 도전해보라고 말해주세요. 빈 상자는 그 가능성에 대한 도전과 용기의 가치를 담고 있습니다.

당신의 삶에서 가장 중요한 가치는 무엇입니까?

어떤 삶을 살고 싶으십니까?

당신 삶의 목표는 무엇입니까?

빈 상자 속에 자신만의 튼튼한 가치 하나를 담아두고 나는 무한한 가능성을 지닌 이 세상의 주인이 되어갑니다.

행운은 기를 다스리는 자의 몫
: 검독수리봉

백석폭포에서 로미지안 가든으로 가는 길을 바라보면, 날개를 힘껏 펼치고 남평뜰을 향해 비상하려는 한 마리 검은 독수리의 형상이 보입니다.

그 검은 독수리 형상을 볼 수 있는 곳은 로미지안 가든 화봉으로 '검독수리봉 가는 길'에 있습니다.

정선에서 가장 낙후된 지역이라고 할 수 있는 남평뜰에는 큰 연못 하나가 있었습니다. 마을이 쇠락하는 데는 그 연못에 대한 전설이 한몫했습니다. 연못 속 독룡이 알을 품고 있어 독수리가 날지 못한다는 전설이었습니다.

마을의 전설을 전해 듣고는 그 연못을 메웠습니다. 그러자 움츠렸던 검은 독수리의 날개가 활짝 펼쳐졌습니다. 이제 숲은 밤마다 비상하는 검독수리의 날갯짓 소리가 소란스럽습니다.

음지의 기운이 양지의 기운으로 바뀐 것일까, 마을은 이제 평화롭
고 풍요로운 곳으로 변했습니다.

　　모두 검독수리의 비상이 가져온 행운 덕분입니다.

생명의 에너지를 얻는 곳
: 프라나 빛 욕장

나를 없앤 삶에서 '참나'를 만나는 곳입니다.

생명의 근원인 빛 에너지, 거북 등 바위 정상에 오르면 프라나 빛 욕장이 있습니다. 빛을 받으며 그곳에 서면, 평화로운 남평들을 가로지르는 조양강 줄기가 보입니다. 송천과 골지천, 오대천이 합수한 강 줄기는 첩첩한 산들이 만들어내는 화합의 노래만 같습니다. 또 밤하늘이 무너져 내릴 듯 눈부신 별숲 아래로 겨울밤을 즐기는 자작나무 숲의 낭만도 감상할 수 있습니다.

멀리 깨달음의 고장인 정선과 영월로 가는 그곳에서 생명의 에너지를 만납니다.

참고문헌

오쇼 라즈니쉬《나는 이렇게 들었다》, 태일출판사 / 한암대원 선사《반야심경》, 현대불교신문사
김승호《명상 인문학》, 다산초당 / 와타나베 아이코《세계의 엘리트는 왜 명상을 하는가》, 반니라이프
달라이 라마《우리가 명상할 때 꼭 알아야 할 것들》, 불광출판사 / 틱낫한《틱낫한 명상》, 불광출판사
틱낫한《걷기 명상 HOW TO WALK》, 한빛비즈

사진제공

로미지안 가든(김영수), 한국관광공사(IR스튜디오)

숲을 걸으며 나를 돌아봅니다

1판 1쇄 인쇄 2021년 4월 8일
1판 1쇄 발행 2021년 4월 21일

지은이 손진익

펴낸이 정용철 **편집인** 이경희, 김보현 **디자인** ⓒ단팥빵
제작 제이킴 **마케팅** 김창현 **홍보** 김한나 **독자지원** 백서연
인쇄 (주)금강인쇄

펴낸곳 도서출판 북산
등록 2010년 2월 24일 제2013-000122호
주소 서울시 강남구 역삼로 67길 20, 201호
전화 02-2267-7695 **팩스** 02-558-7695
홈페이지 www.glmachum.co.kr **이메일** glmachum@hanmail.net
블로그 blog.naver.com/e_booksan **페이스북** facebook.com/booksan25

ISBN 979-11-85769-36-3 03810

ⓒ 2021년 도서출판 북산 Printed in Korea.